L'ABBAYE

DE

SAINT - DENIS

TOMBEAUX ET FIGURES HISTORIQUES

DES ROIS DE FRANCE

Par le baron F. de GUILHERMY

DESSINS PAR CH. FICHOT

TROISIÈME ÉDITION

AVEC 40 FIGURES INTERCALÉES DANS LE TEXTE

PRIX : 2 FRANCS

PARIS

PUBLIÉ PAR ARNOULT LÉPINE AÎNÉ

Fabricant de bijoux de Religion

SUCCESSEUR DE VEUVE VAGNEUR, PHOTOGRAPHE

171, RUE SAINT-JACQUES, 171

1894

L'ABBAYE

DE

SAINT-DENIS

TOMBEAUX ET FIGURES HISTORIQUES

DES ROIS DE FRANCE

L'ABBAYE

DE

SAINT - DENIS

TOMBEAUX ET FIGURES HISTORIQUES

DES ROIS DE FRANCE

Par le baron F. de GUILHERMY

DESSINS PAR CH. FICHOT

TROISIÈME ÉDITION

AVEC 40 FIGURES INTERCALÉES DANS LE TEXTE

PRIX : 2 FRANCS

PARIS

PUBLIÉ PAR ARNOULT LÉPINE AÎNÉ

Fabricant de bijoux de Religion

SUCCESSEUR DE VEUVE VAGNEUR, PHOTOGRAPHE

171, RUE SAINT-JACQUES, 171

1891

L'ABBAYE DE SAINT-DENIS

ET SES TOMBEAUX

DÉTAILS HISTORIQUES

Lorsque saint Denis et ses deux compagnons, le prêtre Rustique et le diacre Eleuthère, eurent subi le martyre au sommet de la coline de Montmartre, une pieuse femme nommée Catulle, après les avoir courageusement assistés, voulut recueillir leurs corps décapités, pour les déposer dans un champ qui lui appartenait. Aussitôt que les chrétiens eurent la liberté de construire des églises, ils élevèrent en ce lieu une basilique. Sainte Geneviève la fit rebâtir, à la fin du ve siècle. Les historiens ne nous ont transmis que des renseignements incomplets sur l'importance et la décoration de ces premiers édifices; le souvenir s'en est d'ailleurs effacé devant la magnificence déployée par Dagobert Ier dans la reconstruction de l'église et dans la fondation de l'abbaye. Ce fut vers l'an 630 que Dagobert, pour s'acquitter d'un vœu envers les saints martyrs, entreprit de glorifier leur tombeau par un monument de la plus grande splendeur. Rien ne fut épargné ; on accumula dans la nouvelle église les marbres précieux, les mosaïques brillantes, les riches tapis, les vases d'or rehaussés de pierreries. Les portes étaient en bronze comme celles des temples antiques. Saint Éloi cisela de ses mains le revêtement du sépulcre des martyrs et la grande croix d'or dressée à l'entrée du chœur. Déjà le roi fondateur avait fixé le jour d'une dédicace solennelle, quand tout à coup le bruit se répandit que Jésus-Christ lui-même, entouré d'un merveilleux cortège d'anges, de martyrs et de confesseurs, était venu consacrer de sa main l'église des trois apôtres qui avaient versé leur sang pour lui. Le seul témoin de cette grande scène fut un pauvre lépreux qui s'était caché derrière une colonne, dans l'espoir d'être guéri. La tradition populaire désignait la paroi de l'église par laquelle était entré le divin Pontife.

La basilique de Dagobert n'eut pas un siècle et demi d'existence. Le roi Pépin commença un nouvel édifice ; Charlemagne le termina et le fit consacrer en 775.

L'abbaye de Saint-Denis fut dévastée par les Normands à la fin du neuvième siècle. Des constructions érigées par Dagobert et par Charlemagne, il n'est arrivé jusqu'à nous qu'un petit nombre de colonnes et de chapitaux de marbre, qui se trouvent aujourd'hui soit dans la crypte de l'abside, soit dans les magasins de l'église.

Un des premiers princes de la troisième dynastie, le roi Robert peut-être, qui se plaisait à prendre part aux offices des religieux, aura certainement tenté de relever l'église de ses ruines. L'architecture de la partie centrale de la crypte, ses arcs en plein cintre, ses colonnes courtes, ses chapiteaux à personnages, attestent, mieux que ne pourrait le faire un document écrit, une œuvre de la première moitié du xie siècle.

Après tant de travaux, l'église abbatiale semblait insuffisante pour la foule des pèlerins qui accouraient aux tombeaux des martyrs,

C'est au grand abbé Suger, si célèbre pour avoir gouverné la France pendant la croisade de Louis VII, qu'il appartient d'avoir donné au monument sa forme et ses dimensions définitives. Il éleva rapidement le portail et les tours, le chœur et la nef, les chapelles inférieures du chevet, ainsi que l'abside qui les surmonte. Par ses soins, des verrières, non moins curieuses par la signification mystique de leurs sujets que remarquables par leur éclat, garnirent les ouvertures de l'édifice ; l'autel reçut la décoration la plus splendide en plaques d'or historiées ; le chœur et le trésor se meublèrent d'une incroyable quantité de châsses, de croix et d'autres objets précieux. Suger surveillait lui-même l'extraction des pierres, le choix des bois de charpente, la confection des vitraux, et jusqu'aux moindres détails d'ameublement ou de décoration ; c'était lui qui composait, en distiques latins, les inscriptions à graver sur le métal, ou à tracer autour des compartiments des verrières. Une double dédicace eut lieu en 1140 et en 1144.

Dans les premières années du xiiie siècle, en 1219, le lendemain de la fête de la Nativité de la Vierge, la foudre consuma une haute flèche en charpente qui couronnait la tour septentrionale du portail. Peu d'années après, vers 1230, l'église presque tout entière menaçait ruine. Une dernière reconstruction, qui mit l'édifice à peu près dans l'état où nous le voyons encore, exigea un demi-siècle de travail, de 1231 à 1281, pendant les règnes de saint Louis et de Philippe le Hardi. On conserva de l'église de Suger la façade occidentale et les tours, le porche intérieur, la porte du croisillon nord, les chapelles et les collatéraux de l'abside, les chapelles de la crypte. L'abbé Eudes Clément remplaça l'ancienne flèche de bois par une pyramide de pierre, dont la foudre a, de nos jours, causé encore une fois la destruction; il releva aussi toute la partie interne de l'abside. Son troisième successeur, Mathieu de Vendôme, termina le transept et la nef. Des chapelles latérales s'élevèrent au nord de la nef dans le cours du xive siècle. D'après le plan primitif du xiiie siècle, les collatéraux de la nef étaient décorés d'une arcature aveugle; il n'existait de chapelles dans cette partie de l'édifice qu'à la jonction de la nef avec le transept : au nord, celle de Saint-Hippolyte; au sud, celle de Saint-Michel, longues chacune de deux travées.

Le xvie siècle construisit sur le côté septentrional de l'abside la somptueuse chapelle des Valois, où reposaient, entourés des princes et princesses de leur famille, le roi Henri II et la reine Catherine de Médicis. Ce monument, attribué à Philibert de l'Orme, ne fut jamais complètement achevé. La ruine en paraissait imminente en 1719. L'autorisation de le démolir fut donnée le 24 mars de cette même année par le roi en son conseil, de l'avis de M. le duc d'Orléans, régent. Quelques-unes des colonnes qui en soutenaient les voûtes ont servi à composer une ruine factice à Paris, dans le parc de Monceaux.

A la fin du règne de Louis XV, en 1771, on supprima

les grandes statues, au nombre de vingt, qui garnissaient les ébrasures des trois portes de la façade. On fit disparaître, en même temps, le trumeau de la porte centrale avec la figure qui s'y trouvait adossée. Ces statues représentaient saint Denis, seize rois et quatre reines. L'auteur des *Monuments de la monarchie française,* dom Bernard de Montfaucon, y voyait la série presque complète des rois de la première dynastie. L'opinion du savant bénédictin pourrait être contestée, mais l'absence des monuments nous prive du principal élément de la discussion.

Le décret qui supprima les ordres religieux, en 1790, mit fin à l'existence de l'abbaye de Saint-Denis. Le 14 septembre 1792, les religieux célébrèrent pour la dernière fois l'office conventuel, et quelques jours après, le clergé paroissial prit possession de l'église, devenue la seule paroisse de la ville. Du règne de Dagobert à celui de Louis XVI, l'abbaye avait duré un peu plus de onze siècles et demi.

L'église fut fermée en 1793. La démolition des tombeaux et la profanation des sépultures eurent lieu dans les mois d'août, de septembre et d'octobre de la même année. Au mois de novembre, le trésor fut enlevé et porté à Paris. L'église servit de temple de la Raison jusqu'au mois d'avril de l'année suivante. Elle était alors tellement dévastée, qu'on transféra le nouveau culte dans l'ancienne chapelle des Carmélites. Il s'agissait tantôt de la mettre en vente pour la faire démolir par les acquéreurs, tantôt de la convertir en grange ou en magasin. Peu s'en fallut, en 1796, qu'on ne donnât suite à un projet désastreux qui consistait à détruire la plus grande partie de l'édifice, à installer des boutiques pour

1*

le temps des foires dans les bas côtés et dans les chapelles, et à faire passer une rue entre les deux tours, sur l'emplacement de la nef et de l'abside.

Chateaubriand vint faire, en 1800, un pèlerinage aux ruines de Saint-Denis. L'église, dit-il dans ses *Mémoires d'outre-tombe*, était découverte; les fenêtres en étaient brisées; la pluie pénétrait dans ses nefs vides et il n'y avait plus de tombeaux.

Tout semblait perdu, quand la même main qui venait de rouvrir les églises de France, entreprit la restauration de Saint-Denis. Un décret du 19 février 1806 décida que cette illustre église serait le lieu de sépulture de la nouvelle dynastie impériale, institua un chapitre pour la desservir, et prescrivit d'élever des monuments commémoratifs dans trois chapelles consacrées à là mémoire des dynasties anciennes. Pendant quarante ans, de 1806 à 1846, trois architectes se sont succédé, MM. Legrand, Célérier et Debret. Le monument fut réparé et décoré avec une certaine magnificence; mais les études sur l'art du moyen âge étaient alors si peu avancées, que cette longue et laborieuse restauration, accomplie au prix de plus de 7 millions, avait eu pour résultat de dénaturer complètement le caractère de l'édifice. Les choses en étaient à ce point quand Viollet-le-Duc fut chargé par le gouvernement de réparer les erreurs de ses devanciers. Il s'est avant tout proposé de rendre à l'église sa physionomie et ses dispositions primitives. Les parties romanes de la crypte étaient masquées par des placages modernes : il les a fait reparaître. Le sol de la nef et celui de l'abside avaient été remblayés et remontés, au grand préjudice des proportions de l'architecture : il a retrouvé et rétabli l'ancien niveau. Les tombeaux avaient été entassés dans les chapelles obscures de la crypte, il les a ramenés dans l'église haute pour les remettre, autant que possible, à la place que chaque monument avait autrefois occupée. Les débris des anciens autels retrouvés dans les remblais du sol lui ont permis de reconstituer la décoration de plusieurs chapelles du chevet. Les voûtes, les piliers, les contreforts, les arcs-boutants, ont été en même temps consolidés avec toute l'expérience acquise par trente ans d'études et de travaux.

EXTÉRIEUR DE L'EGLISE

Le plan est cruciforme. La longueur de l'édifice dépasse 108 mètres ; sa largeur la plus grande est de 37 mètres, et son élévation sous voûte d'environ 30 mètres.

La façade principale regarde l'occident, suivant l'ancienne coutume. Trois portes en plein cintre, œuvre de l'abbé Suger, donnent accès dans le porche intérieur. Elles étaient autrefois accompagnées de grandes statues, supprimées, nous l'avons dit, en 1771, et remplacées par des colonnes. Le travail des chapiteaux est remarquable ; on y voit, mêlés à des feuillages et à des rinceaux d'un style excellent, des oiseaux, des animaux fantastiques, des griffons à tête humaine. Les sculptures des pieds-droits, des tympans et des voussures ont été mutilées pendant la Révolution et réparées depuis par des artistes qui n'avaient pas la main faite à une œuvre de ce genre. Telles qu'elles sont, elles méritent encore cependant une étude attentive ; en voici l'indication.

Porte centrale. — Sur les pieds-droits, d'un côté, les cinq vierges sages, de l'autre, les cinq vierges folles, les premières avec leurs lampes préparées et allumées pour la venue de l'Époux, les secondes avec leurs lampes éteintes et renversées. On se rappelle que la parabole des vierges de l'Evangile est proposée aux fidèles pour les avertir de se tenir toujours prêts dans l'attente du jour du Seigneur.

Linteau. — La résurrection générale ; environ vingt personnages de très petite dimension, sortant de leurs tombeaux.

Tympan. — Au milieu, grande et majestueuse figure du Christ, assis sur un siège qu'entoure l'arc-en-ciel de l'Apocalypse, les pieds posés sur un escabeau, les mains étendues et tenant des banderoles. La croix paraît en arrière ; deux anges semblent la soutenir, tandis que les deux autres montrent la couronne et les clous de la Passion. Aux côtés du Christ, la Vierge, qui fait appel à sa miséricorde, et les douze apôtres, auxquels il annonça lui-même qu'ils siègeraient avec lui pour juger le monde.

Voussures. — Le paradis et l'enfer ; Abraham recevant des âmes dans son sein ; plusieurs anges portant au ciel des âmes élues ; les supplices des réprouvés ; les vingt-quatre vieillards de la vision de saint Jean, tenant chacun, d'une main, un instrument de musique, de l'autre, le vase qui renferme pour parfum les prières des justes. Au sommet de l'arc, la Trinité représentée par deux figures en buste et par une colombe. Les instruments placés dans les mains des vieillards forment une collection des plus intéressantes pour l'histoire de la musique au xiiᵉ siècle.

Porte du collatéral nord. — Un zodiaque incomplet, le Verseau, les Poissons, le Bélier, le Taureau, la Vierge, les Gémeaux, la Balance, le Scorpion, le Sagittaire, le Capricorne. Il manque deux signes, l'Ecrevisse et le Lion; ils étaient probablement sculptés sur le linteau qui n'existe plus. La Vierge et les Gémeaux ne sont pas à la place qui leur appartient. Le bas-relief du tympan, qui représente le supplice des trois martyrs, est moderne; il tient la place d'une mosaïque très ancienne que l'abbé Suger avait soigneusement conservée, et qui subsistait encore il y a un siècle. Une portion seulement de la voussure est ancienne; un personnage, peut-être Moïse, y reçoit la loi de la main de Dieu.

Porte du collatéral sud. — Une suite de médaillons encadrés de rinceaux et reliés entre eux par des mufles de lions, où les douze mois du calendrier sont ainsi figurés par autant de petites scènes dont le détail n'est pas sans intérêt :

Janvier : un personnage à double face, l'une vieille, l'autre jeune, mettant l'année nouvelle en lumière, et la défunte au rebut;

Février : un homme et une femme assis près d'un brasier;

Mars : deux paysans à leurs travaux;

Avril : un personnage debout entre deux pieds de vigne;

Mai : un personnage qui chemine tenant son cheval par la bride;

Juin : un faucheur;

Juillet : un moissonneur ;

Août : un batteur de blé ;

Septembre : on met le vin en tonne ;

Octobre : on abat le gland pour nourrir les pourceaux ;

Novembre : on prépare les viandes pour l'hiver ;

Décembre : un personnage à table auprès d'une cheminée ;

Au tympan, la prison des saints martyrs, où le Christ descend, la veille de leur mort, pour leur donner la communion. Des soldats gardent les portes, et la pieuse Catulle se tient aussi près d'un guichet.

La partie ancienne de la voussure représente deux groupes de bourreaux, les trois martyrs et un ange qui vient les couronner.

Des vantaux modernes, revêtus d'ornements de fonte, servent de clôture aux trois portes. On a reproduit à la porte centrale les bas-reliefs qui s'y trouvaient autrefois. L'abbé Suger, prosterné, offre au Christ les portes qu'il avait fait faire, dans le médaillon du repas d'Emmaüs.

Une rose, transformée en cadran d'horloge, occupe le milieu de la partie supérieure de la façade. A droite et à gauche, plusieurs baies, les unes en plein cintre, les autres en ogive, attestent, par la diversité de leurs formes, une époque de transition. Un reste d'appareil polychrome mérite surtout d'être remarqué, il se compose de plusieurs assises alternées de pierre blanche et de marbre noir. Ce genre d'appareil se rencontre très fréquemment dans les églises italiennes du moyen âge ; on le retrouve aussi dans quelques provinces de France ; mais il est très rare dans le territoire parisien.

Les statues de rois, posées au nombre de huit sous une arcature dans le haut de la façade, datent seulement de 1840, ainsi que plusieurs petites figures et panneaux d'ornementation, que la pauvreté de leur style fera facilement reconnaître.

Un parapet crénelé termine la façade ; il faisait partie d'un système de défense appliqué à l'abbaye, pour la mettre à l'abri d'une surprise, pendant les guerres du xive siècle. Le pignon de la nef s'élève en arrière de la terrasse du porche ; il porte sur sa pointe une statue de saint Denis, sculptée d'après une ancienne figure que le temps avait à moitié détruite. Les statues des deux compagnons du saint apôtre surmontent les pignons du transept au nord et au midi.

Deux tours carrées accompagnaient la façade, il ne reste plus que celle du sud. La tour du nord, avec sa belle flèche en pierre, atteignait une hauteur de plus de 80 mètres. Frappée par la foudre, le 9 juin 1837, la flèche fut démolie et reconstruite immédiatement. De graves désordres ne tardèrent pas à se manifester dans la flèche nouvelle et dans la tour qui lui servait de base. Il fallut donc descendre la flèche en 1846, et la tour elle-même l'année suivante. Ce monument formait un point de vue des plus pittoresques au milieu de la vaste plaine qui entoure la ville ; la disparition en est infiniment regrettable. La flèche était accompagnée de longues et curieuses gargouilles en formes d'animaux, de colonnettes, de lucarnes et de pignons. Au point de départ de l'aiguille il existait à l'intérieur une grande salle octogone, entourée de colonnes. La tour du sud dépasse le portail de deux étages ; elle est percée de baies ogivales, flanquée de contreforts doubles, bordée d'une balustrade à jour et couverte d'un comble peu élevé à quatre faces. Cette tour renferme la grosse cloche, plus connue sous le nom de bourdon, fondue sous Charles V, refondue en 1758, et appelée alors *Louise*, en l'honneur du roi Louis XV.

Du porche au croisillon nord, se développe une suite de chapelles dont les six premières, richement ornées de niches et de pignons, appartiennent au xive siècle. Les deux dernières travées faisaient partie du plan primitif, tel que le xiiie siècle l'avait tracé. Au-dessus des terrasses des chapelles et des collatéraux, de grands contreforts et des arcs-boutants épaulent le mur de la la haute nef. Une galerie à jour fait le tour de l'édifice; de larges fenêtres garnies de meneaux et de roses y versent une lumière abondante. Une balustrade découpée couronne le mur au pied du grand comble. Même architecture du côté sud, avec cette différence toutefois que les six premières travées de l'étage inférieur sont occupées par le chœur d'hiver et par la sacristie qui le suit. Commencée sous l'Empire et terminée sous le règne de Louis XVIII, la grande chapelle qui forme le chœur d'hiver, contraste par l'excessive simplicité de sa structure avec l'ornementation des parties plus anciennes de l'église.

La galerie à jour et les fenêtres à meneaux se poursuivent dans le transept et dans l'abside. Chaque croisillon est accompagné de tours carrées, qui furent peut-peut-être destinées à recevoir des flèches, mais dont la hauteur actuelle est à peu près la même que celle des grands murs de la nef. Deux roses à nombreux compartiments, dont le diamètre est d'environ de 12 mètres, s'ouvrent, l'une au nord, l'autre au sud, dans les murs de face du transept.

Le croisillon nord possède une remarquable porte du

xII^e siècle, dont le trumeau, refait au xIV^e, sera prochainement rétabli d'après le modèle ancien, qui se trouvait
gravement mutilé. Six statues de rois, auxquelles on a
donné arbitrairement les noms des premiers princes de la
dynastie capétienne, se dresse dans les ébrasures. Les
chapiteaux qui surmontent les colonnes et les statues sont
sculptés de très beaux feuillages. On voit sur les bases
et sur les consoles des marmousets en diverses attitudes,
un centaure qui tient une harpe, des lézards et des
oiseaux fantastiques. Les pieds-droits de la baie sont
bien connus des artistes par la magnifique exécution
des rinceaux qui les couvrent dans toute leur hauteur.
Un guerrier combattant un dragon ailé et un person-
sonnage monté sur un griffon servent de consoles sous le
linteau. Deux autres consoles, du travail le plus fin,
qui dépendent du trumeau, représentent, l'une saint
Denis près de recevoir le coup mortel, l'autre le saint
martyr marchant, décapité, entre deux anges. Trois sujets remplissent le tympan : la condamnation des saints,
leur communion miraculeuse, leur supplice. Trente
petites figures de rois s'étagent dans les trois cordons
de la voussure.

Le croisillon sud avait une porte charmante, sculptée
à la fin du xIII^e siècle. Elle communiquait avec le cloître, et quand cette partie de l'abbaye fut reconstruite,
au siècle dernier, un ajustement moderne vint usurper
la place des colonnettes, des feuillages, des bas-reliefs.
On a retrouvé récemment quelques débris précieux de
cette élégante décoration. Deux statues, les seules peut-
être de toute l'église qui n'aient été ni déplacées ni restaurées, sont restées dans deux niches des contreforts
de la façade méridionale, à une hauteur qui les mettait

à l'abri des iconoclastes; l'une est un roi avec ses attributs, l'autre tient un cadran solaire.

Romane par ses deux rangs de chapelles, l'abside appartient au xiiie siècle par ses contreforts, ses arcs-boutants, sa galerie, ses grandes fenêtres et sa voûte. Un large fossé découvre les sept chapelles de la crypte, éclairées par de petites baies en plein-cintre. Les chapelles du chevet, en pareil nombre, s'arrondissent au-dessus en forme de tourelles. Des chapiteaux d'une excellente facture, sculptés d'animaux et d'enroulements, sont placés sur les colonnes et sur les pilastres de ces chapelles. Nous devons aussi faire mention des nombreuses gargouilles en forme d'hommes ou de bêtes, qui, dans tout le pourtour de l'édifice, servent à l'écoulement des eaux. C'était une collection vraiment curieuse des formes les plus singulières; mais il s'en trouve très peu maintenant qui n'aient été refaites et défigurées.

Sur le côté méridional de l'abside, une grande sacristie capitulaire a été construite en style moderne par les architectes chargés des premiers travaux de restauration. C'est aussi de ce côté que se trouvent les immenses bâtiments de l'ancienne abbaye. Ils ont été entièrement renouvelés dans le cours du siècle dernier. Les travaux, commencés en 1718 par Robert de Cotte, premier architecte du roi, se prolongèrent jusqu'aux premieres années du règne de Louis XVI. La dépense s'éleva, dit-on, à plus de cinq millions, et les emprunts contractés pour la couvrir avaient laissé à l'abbaye une charge de trente mille livres de rente. Napoléon Ier a donné une noble destination à cet illustre édifice, devenu, en 1809, le principal établissement d'éducation des filles des membres de l'ordre de la Légion d'honneur. Les bâtiments sont d'une structure presque royale. Ils renferment un vaste cloître entouré de galeries, des salles spacieuses et de larges escaliers de pierre bordés de rampes de fer d'un beau travail. On évaluait autrefois à cent arpents le terrain occupé par l'église, le monastère, les servitudes et les jardins. Il ne restait des anciens édifices qu'une petite chapelle située à l'angle nord-est; elle a perdu son caractère depuis qu'on en a fait une annexe de l'infirmerie.

INTERIEUR DE L'EGLISE

L'intérieur de l'église est d'un aspect majestueux. Trois nefs parallèles s'étendent jusqu'au transept. Les deux premières travées qui suivent le portail sont un reste de l'église de Suger; elles forment aujourd'hui un porche intérieur, dont la rigoureuse sévérité produit une heureuse opposition avec l'architecture élégante et fine de la seconde moitié du XIIIe siècle. La nef médiane et les collatéraux construits par les abbés Eudes, Clément et Mathieu de Vendôme, sous les règnes de saint Louis et de Philippe le Hardi, présentent un développement de huit travées. De minces colonnes, groupées en faisceaux, soutiennent les arcs en ogive, et vont recevoir les retombées des voûtes. Les chapiteaux se composent de feuilles simples légèrement recourbées. Des nervures toriques se croisent, à chaque travée de la voûte, autour d'une clef feuillagée. Nous avons déjà indiqué la galerie à jour et les grandes fenêtres qui éclairent l'édifice, ainsi que les deux roses du transept.

Chaque croisillon a deux travées de longueur; elles communiquent par des arceaux avec les collatéraux et les chapelles de la nef et de l'abside. Deux fausses baies ogivales accompagnent la porte du nord comme celle du sud.

Tout le chevet de l'église est exhaussé sur un grand nombre de marches, à l'exception toutefois de la première travée, dont le sol demeure à peu près de niveau avec celui du transept. Quatre escaliers de pierre montent au sanctuaire et à ses collatéraux. C'est sous cette partie de l'église que se trouve la crypte, dont la description sera donnée un peu plus loin.

Le pourtour de l'abside se divise en treize travées. La première, à droite et à gauche, date du même temps que la nef; les autres, un peu plus anciennes, sont aussi d'une architecture un peu différente. Des colonnes monostyles, surmontées de chapiteaux à larges feuilles, en portent les arceaux. Le bas côté absidal devient double avec la troisième travée. Les colonnes qui le partagent en deux galeries, les sept chapelles du rond-point, toute l'enveloppe de cette portion de l'abside, en un mot, ont appartenu à l'église de Suger. La sculpture des chapiteaux y est beaucoup plus riche que dans les reconstructions des siècles suivants.

Les sept chapelles du chevet s'arrondissent en demi-cercle. Il en existe quatre autres, de forme quadrangulaire, élevées dans les XIIIe et XIVe siècles sur les côtés des deux premières travées. Les religieux avaient de plus placé un autel de chaque côté de l'abside, à la troisième travée, qui ne comporte pas de chapelles.

Depuis que Viollet-le-Duc a débarrassé l'abside des marbres, des clôtures, des boiseries que ses prédécesseurs y avaient accumulés, elle a repris un aspect d'incomparable élégance. Du haut de ses nombreux degrés, elle domine l'étendue des nefs, et cette disposition convient merveilleusement à un sanctuaire où se célébraient autrefois des cérémonies qui devaient fixer les regards de tous, telles que les expositions solennelles des reliques des trois martyrs et des insignes de la Passion.

Le renouvellement de la décoration et de l'ameublement de l'église n'est encore qu'à peine commencé. Nous allons indiquer ce qui a été fait jusqu'à ce jour.

Du temps des moines, le chœur occupait les trois dernières travées de la nef; il sera prochainement rétabli dans ses anciennes limites. Le maître-autel, placé à l'extrémité de la première travée de l'abside, est en pierre, dans le style du XIIIᵉ siècle, décoré de colonnettes et de feuillages, avec un retable où sont représentés le Christ et les douze apôtres. La sculpture a été exécutée par M. Villeminot. Le sol environnant est revêtu d'un dallage en carreaux de pierre, gravés en creux et rehaussés de mastics de couleur, formant une suite de médaillons remplis par des aigles et par des palmettes. Du côté de l'épître, un beau chapiteau roman sert de support à une grande et curieuse statue de la Vierge, en bois, qui date du XIIᵉ siècle, et qui était autrefois vénérée à Paris, dans l'église du prieuré de Saint-Martin des Champs. Nous ne disons en ce moment rien des tombeaux, qui feront l'objet d'une description spéciale.

Le sol supérieur de la partie médiane de l'abside a reçu un dallage du même genre que celui des abords de

l'autel, mais d'un dessin beaucoup plus riche. Les signes
du zodiaque y sont figurés au milieu de splendides rinceaux.

Les sept chapelles au nord de la nef portaient autrefois les titres de Sainte-Madeleine, Saint-Laurent, Saint-
Louis, Saint-Denis, Saint-Martin, la Sainte-Trinité et
Saint- Hyppolyte. Celle de Sainte-Madeleine sert,
depuis bien des années, de logement aux gardiens de
l'église, et celle de Saint-Hippolyte ne contient que des
tombeaux. Les cinq autres étaient encore meublées, il
y a peu de temps, d'autels, de bas-reliefs et de statues.
On y avait utilisé un grand nombre de sculptures précieuses qui avaient été réunies à Saint-Denis, et qui sont
rentrées en magasin, cette décoration ayant été supprimée comme peu appropriée au style de l'édifice. Il est
resté dans les chapelles quelques vitraux, ou modernes
ou mal restaurés, qui ne tarderont pas à disparaître.
Nous citerons seulement plusieurs panneaux du xvıe siècle représentant le martyre de sainte Barbe. Un grand
retable en bois, du commencement du même siècle,
sculpté de nombreux sujets, dont le principal est un
calvaire, a été aussi laissé dans la chapelle de Saint-
Laurent.

Les six premières chapelles de la nef n'entraient pas,
nous l'avons dit, dans le plan primitif. Avant leur construction, le collatéral était fermé par un mur décoré
d'une arcature et percé de fenêtres à meneaux. On
vient d'entreprendre le rétablissement de cette muraille,
sans détruire les chapelles, dont elle formera la clôture.

Du côté du sud, le chœur d'hiver et la sacristie qui le
suit occupent exactement la même étendue que les six
chapelles du nord. Jusqu'au moment où l'avancement

des travaux permettra au chapitre de reprendre possession du grand chœur, l'office canonial est célébré dans
le chœur d'hiver, dont la décoration n'a pas encore été
modifiée. Beaucoup d'objets précieux, qui n'étaient pas
destinés à se rencontrer jamais, s'y trouvent rassemblés.
Une grille du xiiie siècle ferme la partie de la chapelle
réservée au clergé. Les stalles, du xve siècle, proviennent de l'ancienne église abbatiale de Saint-Lucien de
Beauvais. Leurs miséricordes sont sculptées d'une foule
de figures bizarres, d'ouvriers, d'artistes, d'industriels
occupés aux travaux de leur profession, de personnages
bibliques, de sujets grotesques empruntés aux romans ou
aux fabliaux du vieux temps. Des boiseries admirables,
tirées de la chapelle que le cardinal d'Amboise érigea
dans son magnifique château de Gaillon, servent de
dossier à une partie des stalles; on y voit, en marque-
terie et en bas-relief, les Vertus, les Sibylles, plusieurs
scènes de la vie de saint Jean-Baptiste et de la légende
de saint Georges. Un bas-relief du xive siècle forme le
devant de l'autel; les principaux épisodes de la Passion
y sont figurés. Le grand tableau, qui fut donné par
Napoléon Ier pour être placé au-dessus du même autel,
appartient à l'école flamande; c'est le martyre de saint
Denis. Les apôtres, adossés aux piliers, ont été moulés
sur ceux de la sainte chapelle de Paris.

La boiserie élégante qui sert de porte à la sacristie
du chœur d'hiver est encore une épave de Gaillon.
Parmi les statuettes qui en garnissent les niches, nous
nommerons les quatre Pères de l'Eglise latine, saint
Roch et saint Sébastien.

La chapelle qui correspond aux deux dernières travées du collatéral sud, était dédiée à saint Michel.

L'Assomption en grisaille, adaptée à une de ses deux fenêtres, passait jadis pour une des meilleures verrières de l'église de Saint-André, à Rouen.

Les quatre chapelles quadrangulaires des premières travées de l'abside sont celles de Notre-Dame-la-Blanche et de Saint-Eustache au nord, de Saint-Jean-Baptiste et de Saint-Louis au sud. Celle de Notre-Dame-la-Blanche avait été enrichie par la reine Jeanne d'Evreux, au XIVe siècle, d'une statue de la Vierge en marbre blanc, qu'on peut voir aujourd'hui, à Paris, dans l'église de Saint-Germain des Prés. La chapelle de Saint-Louis, convertie en sacristie par les moines, n'a pas changé de destination. Les autels de Saint-Firmin et de Saint-Romain précédaient les sept chapelles demi-circulaires du chevet. Celles-ci étaient placées sous le patronage de sainte Osmanne saint Maurice, saint Pérégrin, la Vierge, saint Cucuphas, saint Eugène et saint Hilaire. A mesure que le permettent les fonds accordés pour la restauration de l'église, ces chapelles reprennent leur ancienne décoration, dont le souvenir s'est conservé dans une précieuse collection de dessins, et dont les fragments se sont retrouvés sous le dallage moderne. Disons en peu de mots ce que déjà elles contiennent de remarquable.

Chapelle de Sainte-Osmane. — Inscription de la dédicace célébrée, en 1253, par Guillaume, évêque d'Orléans; deux fenêtres garnies de panneaux à griffons et rinceaux, dont une partie est ancienne.

Chapelle de Saint Maurice. — Dallage où sont gravés en creux de nombreux animaux d'espèces diverses; autel en pierre, dans le style le plus fin du XIIIe siècle, surmonté d'une exposition destinée à recevoir une châsse; en vitraux, d'un côté, le martyre de saint Maurice; de l'autre, la Fuite en Egypte, le Massacre des Innocents; inscription de la dédicace faite en 1245 par l'évêque de Saint-Pol de Léon.

Chapelle de Saint-Pérégrin. — Dallage tout en fleurs de lis, entouré d'une curieuse inscription latine, en hexamètres, qui rappelle les mérites du saint patron; un autel dans le même goût que celui de Saint-Maurice; derrière cet autel, sur une dalle retrouvée en ce lieu même, un religieux invoquant saint Pérégrin, qu'un bourreau s'apprête à décapiter; en vitraux, l'histoire de Moïse, le Chariot mystique, l'Église de la Synagogue, saint Paul qui convertit en farine le grain fourni par les prophètes. La plus grande partie de ces vitraux a été fabriquée sous la direction de l'abbé Suger, et porte encore les inscriptions qu'il avait composées pour en expliquer le sens symbolique.

Chapelle de la Vierge. — Dallage en terre cuite émaillée, figurant un tapis aux compartiments les plus variés; marchepied fleurdelisé; au retable, les circonstances qui ont accompagné ou suivi la naissance du Sauveur, en sculpture coloriée du XIII⁰ siècle; au-dessus de l'autel, une gracieuse statuette, en marbre, de la Vierge à l'Enfant, XIV⁰ siècle; en vitraux, l'Arbre de Jessé, l'abbé Suger prosterné devant la Vierge dans la scène de l'Annonciation, et quelques autres sujets, soit de la vie de la Vierge, soit de l'enfance de Jésus.

Chapelle de Saint-Cucuphas. — Dallage en terre cuite émaillée; au marchepied plusieurs sujets bibliques gravés au trait; autel orné de colonnettes et d'une exposition; en vitraux, les prophéties d'Ezéchiel et l'Apocalypse. On y a enchâssé un médaillon du XII⁰ siècle, représentant l'impression du signe du salut sur le front des Israélites qui avaient trouvé grâce devant le Seigneur. Ce panneau a été souvent cité et reproduit en gravure.

La restauration des vitraux anciens des chapelles du chevet offrait de sérieuses difficultés. Il fallait aussi rétablir les sujets en grand nombre qui avaient disparu. M. Alfred Gérente s'est acquitté de cette double tâche avec un succès que nous nous plaisons à reconnaître.

La grande sacristie du chapitre, qui communique avec l'abside par la seconde travée, au sud, est complètement revêtue de boiseries et de tableaux modernes. Des artistes distingués y ont peint les faits les plus notables de l'histoire de l'abbaye. La plus remarquable de ces peintures, la visite de Charles-Quint aux tombeaux de Saint-Denis, était l'œuvre de Gros. L'original a été réclamé pour le musée du Louvre, et Saint-Denis n'en possède plus qu'une copie. Quelques objets précieux, qui avaient été employés à l'ornement de l'église, sont maintenant recueillis dans la sacristie. Nous citerons comme les plus importants :

Un retable en cuivre du XIIe siècle, provenant d'une église de Coblentz ; on y voit les apôtres recevant le Saint-Esprit ;

Un crucifix en cuivre et en argent, XIVe siècle ;

Un grand bas-relief en vermeil, l'Adoration des bergers, dessiné par Loir, et donné, en 1682, par un ancien religieux, pour le devant du maître-autel ;

Une copie exacte, en métal, du siège du roi Dagobert, qui fait partie du musée des Souverains, au Louvre ;

Les châsses données par le roi Louis XVIII, qui ren-

ferment les restes des trois martyrs sauvés de la profanation, en 1792, par le dernier prieur de l'abbaye, dom
Verneuil, devenu plus tard curé de la ville.

Le grand orgue est placé à l'entrée de la nef sur une
tribune moderne en ogive. Le buffet, en boiserie, a été
sculpté en style gothique. L'instrument, qui a profité
de tous les perfectionnements imaginés par les facteurs
de notre époque, passe pour une œuvre accomplie ; les
travaux exécutés dans l'église l'ont réduit au silence
depuis plusieurs années.

Nous n'avons rien dit des vitraux qui garnissent la
galerie, les fenêtres du rang supérieur et les roses du
transept. Ils sont tous modernes, faibles de couleur,
pauvres de dessin, et d'ici à peu de temps ils seront probablement remplacés. Qu'il nous suffise donc d'en indiquer la disposition générale.

A la galerie, dans la nef et dans les croisillons, plus de
deux cents figures de saints, de papes, de personnages
illustres de l'histoire ecclésiastique, ou de bienfaiteurs
de l'abbaye.

A la même galerie, dans l'abside, une triple série de
portraits des rois et reines de France, des abbés de
Saint-Denis et de quelques autres personnages du
monastère ou du chapitre.

Aux grandes fenêtres de la nef, cinquante-six figures
colossales de rois et de reines, depuis Clovis et Clotilde jusqu'à Philippe le Hardi et Isabelle d'Aragon.

Dans le croisillon septentrional, les croisades, l'empire latin établi à Constantinople, la vie de saint Louis,
copiée, tant bien que mal, sur les gravures que le
P. Montfaucon publia d'après les vitraux de la chapelle
de Saint-Louis, à Saint-Denis.

Dans le croisillon méridional, la restauration de l'église par Napoléon Ier, les funérailles de Louis XVIII, une visite du roi Louis-Philippe, les emblèmes tour à tour proscrits de toutes les dynasties qui ont passé sur le trône pendant quarante ans.

L'Arbre de Jessé à la rose du nord ; la création, le zodiaque, les travaux des mois à celle du sud.

La prédication, le martyre, la sépulture de saint Denis, les reconstructions diverses de l'église, du ve siècle au xiiie, remplissent les treize fenêtres hautes de l'abside.

Avons-nous besoin de faire observerver que ce cours d'histoire en peinture appartient à un ordre d'idées tout moderne, qui n'a jamais existé dans la tradition ni dans les habitudes du moyen âge !

CRYPTE

Pour pénétrer aujourd'hui dans la crypte, il faut aller chercher une porte peu apparente, près de l'escalier méridional de l'abside. Nous regrettons qu'un respect, exagéré peut-être, pour la disposition ancienne, n'ait pas permis de rendre plus accessible cette intéressante partie de l'édifice, dont le caveau royal ferme, depuis plus de deux siècles, l'entrée primitive.

La crypte se compose d'une partie centrale qui correspond à l'abside de l'église supérieure, d'un collatéral tournant, de sept chapelles profondes terminées en demi-cercle, et de plusieurs salles ou caveaux accessoires.

La partie centrale, entièrement murée, a servi, depuis
Henri IV, de lieu de sépulture aux princes et princesses
du sang royal. C'est évidemment le reste d'une construction du xi⁰ siècle. Une arcature cintrée l'environne,
portée par des colonnes à chapiteaux historiés; on y
remarque des figures de rois, les quatre évangélistes,
le Christ dans la gloire, une translation de reliques,
des pèlerins en prière au pied d'un autel et d'autres
motifs du même genre. Le collatéral a été réédifié par
Suger, ainsi que les chapelles. Leurs baies sont en
plein cintre, leurs voûtes en arête, leurs chapiteaux
sculptés de feuillages et de rinceaux d'une belle exécution. Deux colonnes de marbre rosé, avec chapiteaux
de marbre blanc imités de l'antique, demeurent dans la
crypte comme les derniers témoignages du luxe dé-
ployé dans l'église de Dagobert. Un troisième chapiteau de même nature surmonte une colonne de pierre
dont la base est en marbre blanc. Nous signalerons
aussi aux curieux les points d'appui que les architectes
du xiii⁰ siècle sont venus poser dans la crypte, sous
forme de colonnes courtes et vigoureuses, quand ils
voulurent obtenir plus de largeur pour la partie médiane de la grande abside.

LES TOMBEAUX

Aucun des monuments royaux, réunis autrefois dans
l'église abbatiale, n'était antérieur au règne de saint
Louis. Ce prince avait fait ériger des tombeaux en

pierre sculptée sur les sépultures de ceux de ses prédécesseurs qui reposaient à Saint-Denis, depuis Dagobert jusqu'à Louis VI, son trisaïeul. Philippe-Auguste et Louis VIII avaient eu des tombes en argent ciselé ; trop précieux pour échapper au pillage, ces monuments ont disparu depuis plusieurs siècles. Les princes et princesses des deux premières dynasties inhumés à Saint-Denis n'étaient qu'en petit nombre. La dynastie capétienne, au contraire, s'y trouvait presque tout entière. De ses trente-deux monarques, trois seulement avaient désigné ailleurs leur tombeau : Philippe Ier à Saint-Benoît-sur-Loire, Louis VII à l'abbaye de Barbeau, Louis XI à Notre-Dame de Cléry.

Les effigies consacrées par saint Louis à la mémoire des anciens rois ne peuvent être considérées comme des portraits. La première statue qui paraisse attester une étude de la physionomie, une recherche de la ressemblance, est celle de Philippe le Hardi. L'usage d'élever un tombeau à chaque prince, aussitôt après sa mort, s'est maintenu jusqu'à Henri II. La chapelle des Valois était le dernier monument funéraire de la monarchie. En vain, après le meurtre de Henri IV, la reine régente fut-elle suppliée de faire construire à ce grand prince un tombeau digne de lui et de la France ; ce vœu si légitime ne reçut point d'accomplissement. La coutume prévalut dès lors de ne plus élever de monument à aucun des princes de la maison de Bourbon dont les corps étaient portés à Saint-Denis. Le sanctuaire de la crypte devint le caveau royal. Des cercueils de plomb, posés sur des tréteaux de fer, y formaient, en 1792, deux longues lignes, qui ne laissaient entre elles qu'un étroit passage. Le nombre des corps était de cinquante-quatre, depuis Henri IV, assassiné en 1610, jusqu'au Dauphin, fils aîné de Louis XVI, mort le 4 juin 1789. Cet enfant prit la dernière place qui fût encore disponible. Déjà on songeait à établir une sépulture nouvelle : la Révolution se chargea de déblayer la funèbre galerie. La crypte ne renfermait d'ailleurs ni tombeau ni statues? tous les monuments se trouvaient dans l'église haute.

A côté des sépultures royales, on voit celles de plusieurs personnages inhumés à Saint-Denis : les uns, comme les abbés et les grands prieurs, par un privilège attaché à leur dignité ; les autres, en petit nombre, en vertu d'une concession qui n'était guère octroyée qu'aux plus éclatants services.

Les sépultures des abbés ne présentaient que de simples inscriptions, ou des tombes plates gravées en creux, les unes en cuivre, les autres en pierre ou en ardoise. Un seul abbé, le cardinal de Bourbon, avait une colonne pour monument. Sur la tombe de Suger, il n'existait plus, en dernier lieu, qu'une épitaphe refaite au xviie siècle. Les grands prieurs reposaient sous des dalles en pierre de liais avec effigies, armoiries et inscriptions.

Depuis le règne de saint Louis, douze personnages seulement avaient reçu, comme une insigne récompense, l'honneur d'une sépulture auprès de celles des rois. Trois d'entre eux étaient morts sous la tente, devant les remparts d'une ville assiégée ; six autres avaient succombé les armes à la main. En voici la glorieuse série :

Pierre, de la maison de Nemours, chambellan de saint Louis, et Alphonse de Brienne, morts au service de Dieu, devant Carthage, en 1270, et rapportés en France avec les restes du saint roi.

Le connétable du Guesclin, le libérateur de la France.

Le connétable Louis de Sancerre, frère d'armes de du Guesclin.

Bureau de la Rivière, le conseiller le plus fidèle de Charles V et de Charles VI.

Arnaud de Guilhem, seigneur de Barbazan, surnommé, avant Bayard, le chevalier sans reproche, tué, en 1431, à la bataille de Bulgnéville.

Sédile de Sainte-Croix, femme de Jean Pastourel, l'ami et le conseiller de Charles V.

Guillaume de Chastel, panetier du roi, tué au siège de Pontoise, en 1441.

Louis de Pontoise, tué sous les yeux de Louis XI, en 1475, au siège du Crotoy.

Le duc de Châtillon, tué, en 1649, à la prise de Charenton, et le marquis de Saint-Maigrin, tué, en 1652, à Paris, au combat du faubourg Saint-Antoine.

Turenne, enfin, dont le corps et le mausolée ont été transférés à Paris, sous le dôme de l'église des Invalides, par les ordres du premier consul.

En 1793, la Convention pensa qu'on ne pouvait mieux célébrer l'anniversaire de la journée du 10 août 1792 que par la destruction des tombeaux de Saint-Denis. Du 6 au 8 août, en trois jours, cinquante monuments furent démolis. Le procès-verbal des exhumations a été plusieurs fois publié ; son étendue ne nous permet pas de le reproduire ici. On trouva dans les sépultures antérieures au XVII° siècle plusieurs couronnes en cuivre ou en argent doré, quelques sceptres, des mains de justice, des anneaux, des agrafes, les quenouilles de deux reines, des lambeaux d'étoffes et de broderies. Le corps d'Henri IV, extrait du caveau royal le 12 octobre 1793, était de tous le mieux conservé. On le laissa pendant deux jours exposé dans son cercueil contre un des piliers de la crypte. L'exhumation de Louis XV, qui attendait à l'entrée du caveau l'arrivée de son successeur, eut lieu au moment même où la tête de la reine Marie-Antoinette tombait sur l'échafaud. Des fosses, préparées dans la cour des Valois, reçurent les ossements et les corps tirés de l'église. Les cercueils de plomb étaient immédiatement fondus.

Le plus grand nombre des statues de pierre et de marbre fut sauvé de la destruction. Alexandre Lenoir, dont le courageux dévouement ne saurait être assez vanté, les réclama, au nom de la Commission des arts, pour le Musée des monuments français, dont l'Assemblée nationale avait décrété la formation.

Les monuments de métal, au contraire, furent presque tous sacrifiés. Un décret spécial en avait ordonné la fonte au profit des arsenaux de la République. Ainsi ont disparu la statue couchée de l'empereur Charles le Chauve, la tombe de Marguerite de Provence, le riche mausolée du roi Charles VIII, l'effigie du sire de Barbazan, signée par Jean Morant, fondeur à Paris. Parmi les monuments de pierre et de marbre, on en prit au hasard quelques-uns pour en composer la montagne symbolique au sommet de laquelle se dressait la statue de la Liberté, à quelques pas du portail de l'église.

Ce ne fut qu'au prix de difficultés extrêmes qu'Alexandre Lenoir parvint à réunir à Paris, dans l'ancien monastère des Petits-Augustins, les monuments que nous retrouvons aujourd'hui à Saint-Denis. Les budgets de ce temps ne contenaient pas de crédit pour les beaux-arts.

Le classement était à peine terminé qu'une ordonnance royale du 14 décembre 1816 prescrivit la clôture du Musée historique, l'établissement d'une école des arts dans les bâtiments qu'il occupait, et la restitution des monuments aux églises qui les avaient possédés, ou aux familles qui les avaient érigés. Le gouvernement fit transporter à Saint-Denis, avec les monuments qui provenaient de cette église, un assez grand nombre de tombeaux de rois et de princes qui avaient appartenu aux abbayes de Sainte-Geneviève, de Saint-Germain des Prés, de Royaumont, aux couvents des Cordeliers, des Jacobins, des Célestins de Paris, et à d'autres établissements religieux. Plus de vingt années s'écoulèrent avant qu'ils fussent mis en place. On leur assigna pour asile les galeries et les chapelles de la crypte qui n'avaient jamais contenu de monuments funéraires. Quelques tombeaux, trop volumineux pour entrer dans la crypte, demeurèrent seuls dans l'église haute. Les autres furent classés dans l'ordre chronologique. La série s'ouvrait par une statue de Clovis Ier et se terminait par un buste de Louis XVIII. On s'aperçut bientôt des ravages que l'humidité de la crypte exerçait sur la pierre et sur le marbre. La destruction des monuments s'y serait lentement consommée. Vers 1860, suivant un vœu que nous avions formulé douze ans plus tôt, Viollet-le-Duc prit la résolution de rétablir dans l'église haute, et autant que possible à leur place primitive, les tombeaux et les statues qui avaient autrefois appartenu à Saint-Denis, sauf à chercher la disposition

la plus convenable pour ceux qui avaient une autre
origine. Cette importante et difficile opération est
arrivée heureusement à son terme. Il ne reste plus
aujourd'hui dans la crypte que des statues en pierre
d'empereurs carlovingiens, sculptées, du temps de
Napoléon Ier, pour une chapelle qui ne fut pas construite ; des épitaphes, presque toutes modernes, encas-
trées dans les murs pour tenir lieu d'anciennes inscriptions qui ne se sont pas retrouvées, et des cénotaphes sans
aucune valeur, que le prédécesseur de Viollet-le-Duc
érigea de son autorité privée, aux rois et reines de la
famille de Bourbon. Ces derniers monuments ont été
composés avec des fragments de sculptures qu'on a
rapprochés tant bien que mal ; ils ne sont dignes ni des
princes dont ils portent les noms, ni de la France, et
bientôt sans doute ils auront disparu. Henri IV et ses
successeurs ne méritaient-ils pas d'avoir quelque jour,
sous les voûtes de Saint-Denis, un monument qui rap-
pellerait à la fois les grandeurs et les infortunes de cette
glorieuse dynastie ?

Nous avons rapporté comment les restes des rois et
de leurs familles furent déposés dans la cour des Valois
en 1793. Une ordonnance du 24 avril 1816 en prescrivit la réintégration dans leur ancienne sépulture. La
cérémonie solennelle de l'expiation fut célébrée au mois
de janvier de l'année suivante. Les cercueils qui renferment la poussière de tant de générations royales ont été
réunis derrière deux grandes tables de marbre noir,
dans l'ancien caveau de Turenne, auquel on arrive par
la galerie collatérale de la crypte. La table de marbre,
placée à main gauche, porte les noms de dix-huit rois,
de dix reines, de vingt-quatre princes ou princesses, de

quatre abbés de Saint-Denis, et de sept autres personnages associés à l'honneur de la sépulture royale. Sur
la seconde table, à main droite, on lit soixante et un
noms; ce sont ceux de sept rois et de sept reines, et de
quarante-sept princes et princesses. Les inscriptions
n'énumèrent que les personnages dont les restes avaient
été entassés dans les fosses de la cour des Valois au
mois d'octobre 1793, et non ceux dont les cendres
avaient été dispersées auparavant, au moment de la
première destruction des tombeaux.

La partie centrale de la crypte, convertie au xviie siècle en caveau funéraire pour la branche des Bourbons,
a repris sa première destination. Elle est aujourd'hui,
comme autrefois, complètement murée. On ne pouvait
y parvenir, avant la Révolution, que par un étroit escalier, dont l'ouverture se trouvait sous le dallage du croisillon méridional.

Aussi, quand les profanateurs vinrent enlever les
cercueils, il leur fallut pratiquer une brèche au fond du
caveau, entre deux colonnes. Les architectes chargés
dans la suite de disposer l'ancien caveau royal pour la
sépulture de la famille impériale, placèrent une riche
porte de bronze en ce lieu de funeste mémoire. Les
abords du caveau en étaient devenus plus accessibles.

Les Bourbons, rétablis sur leur trône, supprimèrent
cette entrée, témoin de l'exhumation de leurs ancêtres.
En 1824, Louis XVIII, le seul souverain français depuis Louis XV qui soit mort aux Tuileries, fut porté
au tombeau par le même escalier où était descendu
Louis XIV.

Une large voûte en berceau couvre le caveau royal.
Les parois présentent encore les restes d'une arcature

semblable à celle que nous avons indiquée dans le collatéral de la crypte. Des chapiteaux à personnages en surmontent les colonnettes. L'obscurité du lieu et la difficulté d'approcher des murs, en avant desquels sont fixées des barres de fer destinées à soutenir les cercueils, ne nous ont pas permis d'examiner suffisamment les sujets des sculptures. Si les dessins qu'on nous a communiqués sont exacts, on y trouverait le sacrifice d'Abel et celui de Caïn, la mort d'Abel, le meurtre de Caïn par Lamech, la construction de l'arche, le déluge, le passage de la mer Rouge, le Christ porté au temple, l'adoration des Mages, la résurrection de Lazare, le jugement dernier.

Les hôtes de ce sépulcre ne sont pas nombreux aujourd'hui. Bossuet ne pourrait plus dire, comme aux obsèques de Henriette d'Angleterre : « Elle va descendre à ces sombres lieux, à ces demeures souterraines pour y dormir dans la poussière avec les grands de la terre, comme parle Job, avec ces rois et ces princes anéantis, parmi lesquels à peine peut-on la placer, tant les rangs y sont pressés, tant la mort est prompte à remplir ces places. »

Deux cercueils, posés du côté du sud, contiennent ce que la terre du cimetière de la Madeleine n'avait pas détruit des restes de Louis XVI et de Marie-Antoinette. En face de ce roi et de cette reine juridiquement assassinés, gisent, dans d'autres cercueils, deux filles de France mortes en exil, Mesdames Victoire et Adélaïde, un prince tombé sous le poignard, Charles-Ferdinand d'Artois, duc de Berry, et deux enfants de ce prince qui vécurent à peine quelques heures. Il n'y a donc plus ici, dans cette demeure dernière de rois,

que des souvenirs de bannissements, de meurtre et d'é-
chafaud. Louis XVIII a vainement attendu, pendant
plus de trente ans, sur le seuil du caveau, suivant l'ancien usage, que son successeur vînt l'y remplacer. Les
changements occasionnés par la construction de la nouvelle sépulture impériale ayant amené la clôture de l'ancienne entrée du caveau royal, le cercueil de ce monarque a dû être transféré auprès de celui de son frère,
Louis XVI. On a réuni dans ce même tombeau quatre
autres cercueils, d'abord déposés dans deux salles latérales de la crypte; ils renferment les restes de Louis VII,
venus de l'abbaye de Barbeau, ceux de Louise de Lorraine, femme de Henri III, qui avait été inhumée à
Paris, dans l'église des Capucines, le corps du prince
de Condé, mort en 1818, et celui de son fils, le duc de
Bourbon, père du duc d'Enghien. Lorsque le grand-
maître des cérémonies prit les ordres de Louis XVIII
pour savoir comment devait être inhumé le prince de
Condé : *Comme du Guesclin*, répondit le roi.

La chapelle de la crypte qui se trouve dans l'axe du
caveau royal, en face de la brèche des profanations,
devint, en 1817, une chapelle expiatoire. Elle est aujourd'hui à peu près abandonnée; il y reste cependant
un autel, et deux inscriptions sur marbre noir qui contiennent les noms de tous les rois, reines, princes, princesses, abbés et personnages illustres dont la sépulture
a été confiée à l'église de Saint-Denis, depuis le viie siècle jusqu'à l'époque de l'érection de la chapelle.

Nous avons maintenant à décrire les monuments funéraires de l'église haute. L'ordre que nous suivrons sera
celui dans lequel ils se trouvent maintenant placés. Un
tableau chronologique, rejeté à la fin de cette notice,

permettra d'ailleurs de recourir facilement, pour chaque personnage, au monument qui lui est consacré. Nous visiterons ainsi successivement le sanctuaire, la travée centrale du transept, les chapelles de la Trinité et de Saint-Hippolyte, le croisillon nord, les chapelles de Notre-Dame-la-Blanche et de Saint-Eustache, celle de Saint-Michel, le croisillon sud, la chapelle de Saint-Jean-Baptiste, enfin le chœur d'hiver.

SANCTUAIRE

(Première travée de l'abside)

Les cénotaphes de Clovis Ier et de son fils, Childebert Ier, sont à quelques pas du maître-autel, du côté de l'évangile.

Clovis Ier. — Le roi Clovis mourut à Paris en 511, à l'âge de quarante-cinq ans, après en avoir régné trente. Il fut inhumé dans la basilique qu'il avait fondée sous le titre des Saints-Apôtres, et qui prit un peu plus tard le nom de Sainte-Geneviève. Cette église a été détruite. Le tombeau de Clovis y était placé au milieu du chœur. La statue couchée, sculptée en pierre, qui se trouve aujourd'hui à Saint-Denis, date de la fin du XIIe siècle, époque de reconstruction d'une partie de l'ancienne église abbatiale de Sainte-Geneviève; elle reposait sur un tombeau de marbre qui avait été refait au XVIIe siècle. Une inscription, qui paraissait du XVe siècle ou peut-être du XVIe, relatait les faits légendaires de l'histoire de Clovis, son baptême, la sainte ampoule, le passage miraculeux de la Vienne; la chute, encore plus étonnante, des murs d'Angoulême, écroulés comme ceux de Jéricho.

Clovis Ier.

La statue a pour support un socle de pierre. Elle a été taillée dans un seul bloc avec ses accessoires. Le roi est couronné, il porte les cheveux longs et la barbe entière, en souvenir, on peut le croire, de l'usage des princes mérovingiens. Une tunique, serrée par une ceinture, couvre le corps. Une escarcelle pend au côté droit par un double cordon. Un ample manteau complète le costume. Le sceptre posé dans la main droite est une restauration moderne. Un lion soutient docilement sur son dos les deux pieds du prince.

Le travail de la sculpture est médiocre, inférieur à celui des belles statues romanes dont Saint-

Denis possède, comme nous le verrons plus loin, de remarquables exemples.

Childebert Ier. — La mort de Childebert Ier arriva en 558. Ce roi avait fondé l'abbaye de Saint-Vincent, depuis de Saint-Germain des Prés ; il y fut enseveli. En 1656, les bénédictins firent ériger, au milieu du chœur de leur église, un tombeau de marbre où furent réunis les ossements de Childebert et ceux de sa femme, Ultrogothe, de sainte et charitable mémoire. Le monument reçut pour couronnement une antique tombe de marbre, qui recouvrait la sépulture primitive, et qui paraît avoir été refaite vers le XIIe siècle, à l'époque du rétablissement de l'église par les successeurs de l'abbé Morard. Cette tombe se distingue par la grandeur et la sévérité du style. Sculptée en

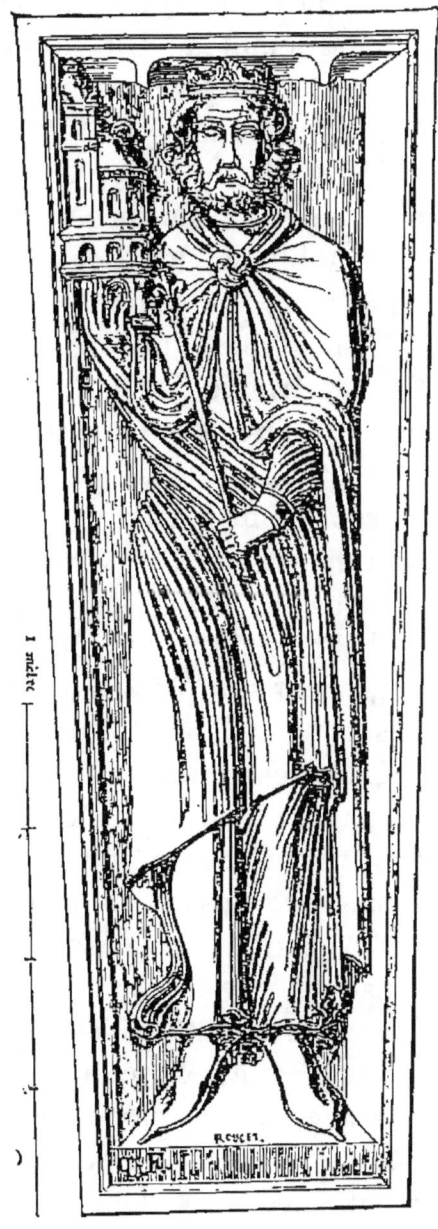

Childebert Ier.

demi-relief, la figure du roi porte de la main gauche
un sceptre, terminé par un fleuron, et de la droite,
comme emblème de fondation, une abside d'église
qui, par la disposition de ses étages et par la tour dont
elle est accompagnée, rappelle assez bien l'ensemble
de l'abside de Saint-Germain, reconstruite une dernière fois à la fin du xiiᵉ siècle. Le manteau est drapé
avec noblesse, les deux bouts supérieurs passent dans
un anneau qui les retient sur la poitrine du personnage.

Trois dalles gravées au trait. que les bénédictins de
Saint-Germain des Prés firent dessiner, en 1656, pour
les sépultures de Clotaire II, de sa femme Bertrude et
de Childéric II, n'ont pas été jugées dignes d'avoir
place à Saint-Denis; elles sont déposées dans les magasins de l'église.

Dagobert Iᵉʳ. — La chapelle funéraire du fondateur
de l'abbaye, après un long séjour sous le porche de la
nef, a repris la place d'honneur qui lui appartenait dans
le sanctuaire, du côté de l'épître.

Dagobert mourut dans l'abbaye de Saint-Denis, le
19 janvier 638, et son corps, soigneusement embaumé,
fut inhumé aussitôt dans l'église des saints martyrs.
Nous ignorons absolument quelles furent alors la forme
et la décoration de son tombeau. Le monument qui
existe encore ne date que du xiiiᵉ siècle, et ce fut probablement saint Louis qui le fit faire. Sa forme est celle
d'une élégante chapelle ogivale à double face, ornée de
colonnettes, de clochetons, de pignons feuillagés. Le
côté qui regarde le sanctuaire repose sur un soubassement fleurdelisé. Une statue du roi défunt, sculptée en
pierre par M. Geoffroy-Dechaume, remplace celle qui
fut brisée par les révolutionnaires; elle est couchée sur

un tombeau dont l'ornementation consiste aussi en fleurs de lis. Tous ceux qui ont étudié la cathédrale et la Sainte-Chapelle de Paris savent avec quel talent M. Geoffroy-Dechaume traite la sculpture du moyen âge. L'architecture et l'imagerie de la chapelle de Dagobert ont été réparées avec une extrême habileté par M. Villeminot. C'est ce même artiste qui a dirigé la restauration et la remise en place de tous les monuments funéraires de Saint-Denis, travail qui ne pouvait être confié à des mains plus sûres et mieux exercées.

Les statues de la reine Nantilde, femme de Dagobert et du roi Clovis II, leur fils, se tiennent aux côtés de l'ogive qui abrite le tombeau. Le fond de la baie est occupé par un grand bas-relief divisé en trois zones, qui présente la mise en scène de la vision en laquelle furent révélées à un saint solitaire les tribulations de l'âme de Dagobert.

Un jour que ce pieux personnage, nommé Jean, retiré dans une petite île, du côté de la Sicile, prenait un peu de repos, saint Denis lui apparut, lui recommandant de se lever au plus vite et de prier pour Dagobert, qui venait de mourir ce jour même. A peine s'était-il mis en devoir d'obéir, qu'il aperçut sur mer, assez près du lieu où il était, le roi, fort maltraité par une troupe de démons, qui le tenaient lié au fond d'une barque, et le conduisaient, en le frappant, aux antres de Vulcain. Dagobert n'avait d'autre ressource que d'invoquer par ses cris l'assistance de ses trois saints de prédilection : Denis, Maurice et Martin. Les trois saints accourant tout à coup, au milieu d'une formidable tempête, vinrent arracher des mains infernales l'âme de leur dévot serviteur, pour le conduire dans le sein d'Abraham, et l'anachorète leur entendit chanter ces paroles du psaume LXIV : « Seigneur, heureux celui que vous avez élu, que vous avez élevé jusqu'à vous ; il habitera à jamais dans vos tabernacles. »

Voici l'indication des différents sujets du bas-relief.

1ʳᵉ *zone*. — L'anachorète Jean dort tout habillé sur un lit à colonnes. Saint Denis le réveille. Une longue barque se balance sur la mer. Un démon la pousse et deux de ses compagnons s'efforcent de lui faire prendre le large. Dans la barque, au milieu d'un groupe satanique, l'âme du pauvre roi est figurée par un petit personnage nu, sans sexe, les mains jointes, ne conservant plus de ses insignes qu'une couronne qui le fait reconnaître. Deux démons le raillent ; un troisième frappe joyeusement sur un tambourin ; un autre se dispose à ramer. Tous les diables ont des formes à la fois féroces et grotesques.

2⁰ *zone*. — La scène change. Les protecteurs de Dagobert ont entendu ses cris. On voit accourir saint Martin et saint Denis, en costume épiscopal, et saint Maurice, armé en guerre, tenant une masse de combat. Deux anges les suivent portant l'eau bénite, si redoutée de l'enfer. Dagobert est encore dans la fatale barque ; les deux saints évêques s'efforcent de l'en arracher ; Maurice frappe à coups redoublés sur les démons. Un seul montre un reste de vaillance. Les autres, tout effarés, prennent la fuite ; le joueur de tambourin, si fanfaron jadis, s'esquive piteusement, et le rameur, tombant à la renverse, laisse échapper son aviron. Des gerbes de flammes annoncent qu'on était bien près des antres de Vulcain.

3⁰ *zone*. — Le salut de Dagobert est assuré. Saint

Denis et saint Martin élèvent sur une nappe l'âme délivrée vers le ciel. Saint Maurice soutient cette âme, encore toute tremblante du danger qu'elle vient de courir. La main divine sort d'un nuage pour la recevoir. Des anges portent des flambeaux et des encensoirs.

D'autres anges, sculptés dans la voussure, remplissent aussi les fonctions de thuriféraires. Dans le tympan, saint Denis et saint Martin rendent grâces au Christ, qui a exaucé leurs supplications.

Nous avons dit que la chapelle est à double face. Le revers offre la même disposition que la partie antérieure, mais sans statues ni bas-reliefs. Il n'y a de figures que sous le pignon, où le Christ bénissant est invoqué par un roi et une reine agenouillés.

La sculpture d'ornementation du monument de Dagobert est d'une exécution remarquable. La composition des bas-reliefs se distingue par son originalité; les figures s'y meuvent avec une étonnante vérité de geste et d'action. Les draperies sont admirables, comme les savaient faire les bons sculpteurs du XIIIe siècle. Toute la décoration était autrefois rehaussée d'or et de couleur.

Après avoir raconté la vision de Jean l'Anachorète, Guillaume de Nangis, qui écrivait sa chronique dans les dernières années du XIIIe siècle, ajoute ce curieux détail : « Et se ne me croyez, allez à Sainct-Denis en France, en l'église, et regardez devant l'autel où len chante tous les jours la grant messe, là où le roy Dagobert gist. Là verrez vous au-dessus de luy ce que vous ay dit, pourtraict et de noble œuvre richement enluminée. »

Frédegonde. — La tombe en mosaïque de la reine Frédegonde, femme du roi Chilpéric Ier, morte en 597, se

trouve à côté de la chapelle de Dagobert, sous l'arcade
de la seconde travée de l'abside. Elle provient de Saint-
Germain des Prés. Un examen minutieux de ce monument, et la comparaison que nous en avons pu faire avec
d'autres mosaïques du même genre, nous ont donné la
conviction qu'il a du être rétabli au XIIe siècle, dans le
même temps que la tombe sculptée de Childebert. Il se
compose d'une dalle en pierre de liais, plus étroite aux
pieds qu'à la tête, sur laquelle on a fixé, par incrusta-
tion, une mosaïque formée de très petits morceaux de
porphyre, de serpentine et de marbre blanc. De minces
filets de cuivre, insérés entre les cubes de marbre, dessinent des rosaces sur la bordure. La figure est couchée ;
elle porte une couronne et sceptre à fleurons, deux robes de longueur inégale avec ceinture à longs bouts
pendants, et un ample manteau agrafé sur la poitrine.
Des filets de cuivre marquent encore ici les contours, les
plis, les bordures des diverses parties du costume. Le
visage, les mains et les pieds, qui ressortent en pierre
lisse, étaient sans doute destinés à être peints.

Jean et Blanche, enfants de saint Louis. — En face du
monument de Dagobert, Viollet-le-Duc construit, d'a-
près d'anciens dessins des portefeuilles de Gaignières,
un petit tombeau semblable à celui que les deux enfants
de saint Louis avaient dans l'église abbatiale de Royaumont. Deux niches ogivales en pierre juxtaposées,
dont la décoration se complétera plus tard en peinture,
abritent les tombes en cuivre émaillé du jeune prince et
de sa sœur, précieux exemples de ces œuvres d'émail-
lerie limousine qui sont devenus si rares depuis que
la Révolution a envoyé à la fonte les nombreuses plaques funéraires du même genre qui existaient en France.

La tombe du prince était assez bien conservée ; celle de la princesse, au contraire, avait éprouvé de graves mutilations. Toutes deux ont été habilement restaurées. Jean mourut en 1247; Blanche l'avait précédé de quatre ans. La gravure qui accompagne notre texte représente la tombe de Jean telle qu'elle était avant la réparation.

Des émaux coulés entre des filets de cuivre jaune dessinent des enroulements de bon style. Les rinceaux, courant sur un

Jean, fils de saint Louis.

fond bleu, se terminent par des fleurs nuancées de

vert, de blanc, de rouge et d'azur. De deux figures accessoires d'anges et de quatre figures de religieux, il
ne restait plus que les silhouettes. L'effigie du prince,
en fort relief, occupe le milieu de la plaque. Le cercle
qui forme couronne est semé de points bleus ; les yeux
sont incrustés d'émail blanc avec la prunelle en noir ;
le sceptre est fleurdelisé ; la robe est blasonnée de
France et de Castille ; la chaussure est décorée de cer-
cles et de quatrefeuilles. Un lion, prêt à se mettre en
marche, est sous les pieds de l'enfant. Les lettres de
l'épitaphe sont incrustées en émail rouge. La bordure
comprend plusieurs écussions armoriés.

La tombe de Blanche est à peu près semblable à celle
de son frère ; mais il a fallu en rétablir à neuf la majeure
partie. Ainsi, la figure principale n'avait plus de tête ; il
ne restait qu'une des plaques du fond, et une portion de
l'encadrement.

TRANSEPT

Travée centrale. — La translation solennelle des cendres des anciens rois dans l'église reconstruite fut célébrée par les soins de saint Louis, en 1263 et 1264. Ce
prince érigea, sur les côtés de la travée centrale du
transept, huit tombeaux de pierre, sur chacun desquels
reposaient deux statues, et qui sont demeurés intacts
pendant un peu plus de cinq siècles. Deux statues,
celles des rois Eudes et Hugues Capet, n'ont pas sur-
vécu aux destructions de 1793. Les quatorze autres, dix

princes et quatre reines, transportés à Paris et ramenés
à Saint-Denis, se retrou-
vent aujourd'hui aux mê-
mes places que le saint roi
leur avait assignées. Une
confusion à peu près iné-
vitable s'était introduite
dans leur classement, après
tant de vicissitudes ; c'est
encore avec le secours des
portefeuilles de la collection de Gaignières qu'on
a pu rendre à chacune son
véritable nom. Si nous
avions à refaire un jour
la monographie de Saint-
Denis, nous ne manque-
rions pas d'y rectifier des
erreurs dont la responsa-
bilité ne doit pas être à
notre charge.

Les effigies des prédé-
cesseurs de saint Louis
étaient autrefois coloriées ;
de grandes fleurs de lys
d'or recouvraient leurs
manteaux d'azur. Un dos-
sier en pierre se relevait
derrière la tête de chaque
statue et présentait en latin
le nom du personnage. Un

Clovis II.

surnom, ou un détail caractéristique brièvement exprimé, venait quelquefois s'y adjoindre pour le compléter.

Les dix figures de rois sont vêtues d'une manière à peu près uniforme; elles ont couronne en tête, sceptre en main, une longue tunique et un manteau. La disposition des draperies, le mouvement des bras, l'expression des têtes, offrent cependant une variété suffisante. Les reines portent un voile sous leurs couronnes, et des robes plus longues qui leur couvrent à peu près les pieds. Une seule tient un livre au lieu de sceptre.

Les tombeaux ont été rétablis dans leur forme primitive. Il y en a trois du côté du sud, et quatre au nord. Sur les trois premiers reposent Clovis II et Charles Martel, Louis III et Carloman, Pépin et la reine Berthe; sur les quatre autres, Robert et Constance d'Arles, Henri Ier et Louis VI, Philippe, fils de Louis VI, et Constance de Castille, Carloman, fils de Pépin, et la reine Ermentrude.

Clovis II. — Ce prince était fils de Dagobert Ier et de Nantilde; il mourut en 656, après dix-huit années de règne. Nous avons déjà vu sa statue au monument de Dagobert. Il était aussi représenté dans le cloître de l'abbaye, avec son père et son frère Sigebert, roi d'Austrasie. Sa femme, sainte Bathilde, s'est rendue célèbre par la sagesse avec laquelle elle gouverna la France pendant la minorité de Clotaire III. Elle fut inhumée à l'abbaye de Chelles, près de Paris. On conserve encore, dans l'église paroissiale de ce lieu, une partie de ses reliques et quelques débris de ses vêtements.

Charles-Martel, † 741. — Charles, fils de Pépin de Herstall, à jamais fameux par ses victoires sur les Sarrazins, prenait le titre de maire du palais des Francs,

Louis III.   Carloman.

ou de prince et duc des Français. Saint Louis lui décerna le nom et les insignes de roi.

Si nous en croyons la légende de saint Eucher, l'âme de Charles-Martel aurait eu à subir plus de tribulations encore que celle de Dagobert, nonobstant la gloire d'avoir sauvé la chrétienté du joug des infidèles.

Louis III, † 883, *et Carloman*, † 884. — Ils étaient fils de Louis II, surnommé le Bègue. Louis III mourut au retour d'une expédition contre les Normands ; Carloman succomba aux suites d'une blesssure qu'il reçut à la chasse par la maladresse d'un de ses serviteurs. Les Annales de Metz assurent qu'il refusa de nommer l'auteur involontaire de sa mort, pour ne pas l'exposer à une condamnation. Louis était l'aîné ; Carloman ne vécut pas plus dix-huit ans. Les deux statues sont remarquables. La jeunesse charmante de l'une, le caractère un peu plus viril de l'autre produisent le plus heureux contraste.

Pépin, † 768 ; *Berthe*, † 783. — Suivant la chronique de Saint-Denis, Pépin aurait voulu, en expiation des péchés de son père, Charles-Martel, être inhumé la face contre terre, au parvis de l'église. Suger nous apprend que Charlemagne éleva sur la sépulture de son père une espèce de portique qui existait encore au xiie siècle.

Un cercueil de pierre, retrouvé en 1812 devant la façade de l'église, fut regardé alors comme celui de Pépin ; mais l'histoire de l'abbaye nous atteste que les cendres de ce prince furent transférées en 1264 auprès du grand autel.

La reine Berthe à laissé une douce renommée de piété, de charité et de bonnes mœurs. Sa physionomie est calme et souriante. Une aumônière s'attache à sa ceinture.

Robert, † 1031. *Constance d'Arles*, † 1032. — Nous lisons dans une vieille chronique, publiée dans le recueil de Duchesne, que Robert vint plus d'une fois au chœur de Saint-Denis et qu'il y chantait l'office avec les religieux, un sceptre d'or à la main, revêtu d'une précieuse chape de soie qu'il s'était fait faire pour cet usage.

Constance était fille de Guillaume, comte de Provence et d'Arles. Elle tient de la main gauche un petit livre de prières et n'a point de sceptre.

Henri Ier, † 1060, *Louis VI*, † 1137. — Henri Ier fonda le célèbre prieuré de Saint-Martin des Champs, à Paris, qui est devenu le Conservatoire des Arts et Métiers. Il était autrefois sculpté en pierre dans le cloître de ce monastère. La Sainte-Chapelle de Paris possédait un évangéliaire du XIe siècle où le même prince était peint en médaillon.

Constance (d'Arles).

Louis VI, et c'est un rare honneur même pour un roi, eut pour biographe le grand abbé Suger. C'est à son règne qu'on rapporte l'origine de l'usage adopté par les rois de France d'aller prendre l'oriflamme à Saint-Denis, au moment de partir pour la guerre.

Philippe, fils de Louis VI, † 1131; *Constance de Castille,* † 1160. — Phillipe, fils aîné de Louis VI, fut couronné à Reims, en 1129, du vivant de son père. Il mourut à la fleur de l'âge, deux ans après, d'une chute de cheval arrivée dans un faubourg de Paris. Suger a écrit un touchant récit de ce malheur dans la Vie du roi Louis. L'imagier du XIII° siècle a su donner de la grâce à la tête juvénile de ce fils de roi enlevé par une mort si funeste.

Constance, fille d'Alphonse VIII, roi de Castille, épousa le roi Louis VII, après le divorce de ce prince avec Eléonore d'Aquitaine. Les historiens sont d'accord pour vanter sa douceur et sa vertu.

Carloman, roi d'Austrasie, † 771; *Ermentrude,* † 869. — Carloman était frère de Charlemagne. Il avait à peine atteint sa vingt et unième année quand il cessa de régner et de vivre. Les religieux de Saint-Remy de Reims croyaient posséder son tombeau dans leur église. Saint Louis pensa que le véritable lieu de sa sépulture était à Saint-Denis. Quoi qu'il en soit, son nom se trouve dignement porté par une statue décorée des insignes de la royauté.

Ermentrude, première femme de Charles le Chauve, mourut plusieurs années avant que ce prince fût couronné empereur. Elle était déjà en possession de son tombeau lorsque le corps de Charles fut rapporté du prieuré de Nantua pour être inhumé au milieu du chœur de Saint-Denis. Aussi ne fut-elle point appelée à parta-

-ger la sépulture de son époux, que le XIII^esiècle décora d'un riche monument de cuivre, à peu près semblable à ceux qui existent encore dans la cathédrale d'Amiens, aux côtés de la porte principale.

Les autres tombeaux placés dans la travée centrale du transept sont ceux d'Isabelle d'Aragon, de Philippe le Hardi, de Philippe le Bel, au sud; de Louis X, de Jean, son fils, et de Jeanne de France, au nord.

Isabelle d'Aragon, † 1271. — La reine Isabelle, femme de Philippe le Hardi, était fille de Jacques Ier, roi d'Aragon. Elle mourut à Cosenza, en Calabre, au retour de la désastreuse croisade de Tunis, des suites d'une chute de cheval qu'elle fit au passage d'une rivière. Sa statue en marbre blanc repose sur une dalle de marbre noir, autrefois rehaussée d'ornements dont il ne reste plus que la trace. Le costume et les insignes ne diffèrent pas de ceux des reines dont nous avons parlé. Deux petits chiens sont sculptés sous les pieds. L'inscription, qui tourne au-dessous de la dalle, se compose de beaux caractères en marbre blanc incrustés dans le marbre noir; elle mérite d'être reproduite ici, comme la plus ancienne épitaphe rimée en français qu'il y eût à Saint-Denis :

> Dysabel lame ait paradys
> Dom li cors gist sovz ceste ymage
> Fame av roi Phelipe ia dis
> Fill lovis roi mort en cartage
> Le iovr de sainte agnes seconde
> Lan mil CC dis et soisente
> A cvsance fv morte av monde
> Vie sanz fin dex li consente.

Philippe III, le Hardi, † 1285. — La statue de ce

Philippe III.

prince est en marbre comme celles de ses successeurs. Philippe III étant mort à Perpignan, ses chairs et ses entrailles furent inhumées dans la cathédrale de Narbonne, tandis qu'on transféra le reste du corps à Saint-Denis, et le cœur à l'église des Frères-Prêcheurs de Paris.

La gravure que nous donnons de la statue funéraire nous dispense d'en décrire le costume et les accessoires. Nous insisterons seulement sur l'opinion, déjà par nous émise, que cette effigie ouvre la série authentique des portraits des rois de France à Saint-Denis. La tête nous a toujours paru d'un excellent travail et d'une remarquable vérité.

Philippe IV, le Bel, † 1314. — Le costume est le même que celui de Philippe le Hardi. L'influence du XIVe siècle se fait déjà sentir dans la pose, qui devient [plus maniérée qu'aux époques antérieures. La statue était très bien conservée ; on l'a gâtée pour en refaire les insignes.

Louis X, le Hutin. — Ce prince mourut le 5 juillet 1316, dans la maison royale du bois de Vincennes. Son corps fut amené, le même jour, à Notre-Dame de Paris, et transporté le lendemain à Saint-Denis, où l'inhumation eut lieu le jour d'après.

Jean Ier. — Le règne et la vie du fils de Louis X ne durèrent que cinq jours. Il était né au Louvre, un peu plus de quatre mois après la mort de son père, le 16 novembre 1316. Cet enfant porte la couronne et le manteau ; ses mains sont jointes ; un doux sourire éclaire son visage. On l'a replacé à droite du roi son père, sur le même tombeau. La foule passe d'ordinaire avec indifférence devant la plupart des autres rois qui ont vécu leur temps ; elle

Jean Ier.

s'arrête avec émotion auprès d'un enfant qui n'a d'autres titres dans l'histoire que son innocence et sa mort.

Jeanne de France, † 1349. — Fille aînée de Louis X et de Marguerite de Bourgogne, Jeanne devint reine de Navarre et comtesse d'Evreux, par son mariage avec Philippe, surnommé le Bon et le Sage. Elle repose aux pieds de son père. La figure est un peu courte. On lui

rendra sans doute la couronne et le sceptre en métal
dont les destructeurs de tombeaux l'ont dépouillée.

Henri III, † 1589. — Lorsque ce prince fut assassiné
à Saint-Cloud, les ligueurs étaient maîtres de Saint-
Denis. On porta son corps à l'abbaye de Saint-Corneille
de Compiègne, d'où il ne fut ramené à Saint-Denis
qu'en 1610, pour être inhumé dans la chapelle des
Valois et dans le caveau de Henri II. Le cœur était
resté à Saint-Cloud, dans l'église collégiale, où Charles
Benoise, secrétaire intime du prince et maître des
comptes, fit ériger, en 1594, une colonne torse d'un
riche travail.

Devenue la propriété d'un architecte, à l'époque de la
Révolution, cette colonne fut rachetée, en 1799, par
Alexandre Lenoir. Elle est maintenant adossée à la pile
nord-ouest de la travée médiane du transept, à Saint-
Denis. Le fût, en marbre rouge de Campan, est décoré
de lierres, de fleurs de lis, de couronnes et d'initiales;
le chapiteau appartient à l'ordre corinthien et porte un
très beau vase en bronze. A côté de la colonne, deux
anges d'albâtre accompagnent un cœur de marbre noir
sur lequel est gravé une inscription latine d'un style
élégant.

Caveau impérial. — C'est au centre du transept que
l'on a construit le caveau destiné à la dynastie impériale. Un décret du 18 décembre 1858 ayant renouvelé
les dispositions du décret de 1806, on se mit à l'œuvre
l'année suivante. Le programme n'était pas d'une exécution facile. Sans porter aucune atteinte au caveau des
Bourbons, il fallait trouver l'emplacement d'une sépulture nouvelle digne de sa destination. Cette opération
délicate a été conduite par Viollet-le-Duc avec une rare

habileté. A voir les qua-
tre grandes dalles qui re-
couvrent l'ouverture du
caveau, on ne se doute
guère qu'au-dessous, un
escalier de treize marches
descend à une crypte
d'un style noble et sé-
vère, divisée en trois
nefs dans sa largeur, et
en quatre travées dans
sa longueur. La galerie
médiane se termine par
un hémicycle où devait
être placé le cercueil de
Napoléon Ier. Les fouil-
les pratiquées pour cette
sépulture ont mis à dé-
couvert un grand nombre
de tombeaux très anciens
en pierre, mais on n'y a
trouvé aucune indication
sur les personnages dont
ils contenaient les cen-
dres.

A la sortie du sanc-
tuaire et du chœur, l'examen des tombeaux se
continue par le côté sep-
tentrional de l'église.

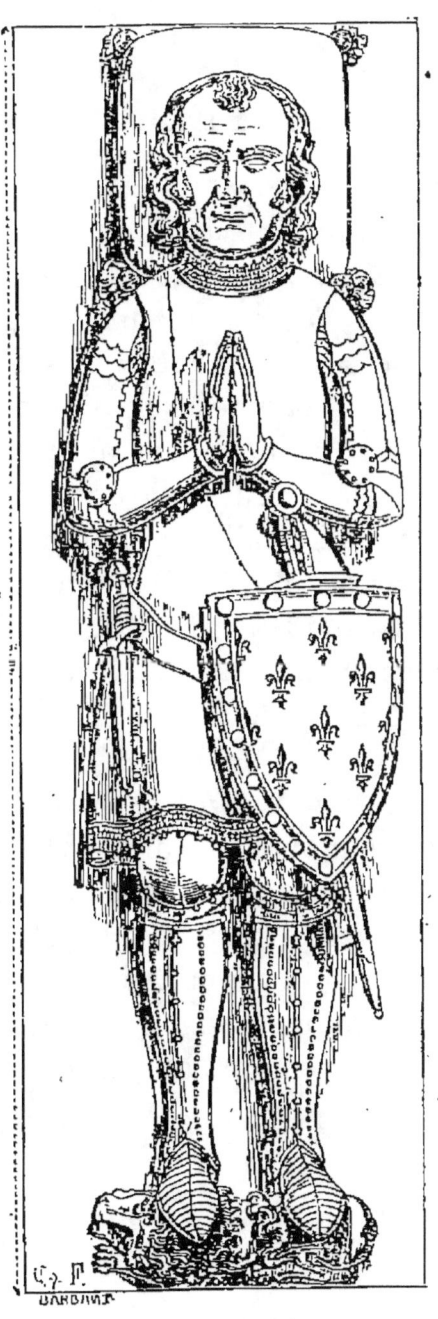

Charles de Valois,
comte d'Alençon.

CHAPELLE DE LA TRINITÉ

Charles de Valois, comte d'Alençon, † 1346, *et Marie d'Espagne, sa femme,* † 1379. — Les statues en marbre de ces deux personnages proviennent de la grande église des Jacobins de Paris. Le comte d'Alençon trouva la mort à la funeste bataille de Crécy. Son costume de guerre est intéressant à étudier. Le baudrier, l'épée et le revêtement armorié de l'écu étaient autrefois rapportés en cuivre émaillé; on a remplacé le métal par du marbre et par de la gravure en creux.

Marie d'Espagne a la tête découverte et les cheveux élégamment nattés. Un débris d'anneau de cuivre est resté à sa main droite. Deux petits chiens jouent à ses pieds.

Léon de Lusignan, roi d'Arménie, † 1393. — Ce prince mourut à Paris, et Charles VI le fit inhumer avec une pompe extraordinaire dans l'église des Célestins. C'est à son titre royal qu'il doit de tenir aujourd'hui son rang à Saint-Denis. Sa statue se trouve placée à l'endroit même par où Jésus-Christ pénétra, dit-on, dans l'église pour la consacrer.

CHAPELLE DE SAINT-HIPPOLYTE

Philippe, frère de saint Louis, XIIIe *siècle. — Louis, fils aîné de saint Louis,* † 1260. *— Louis et Philippe,* *fils de Pierre, comte d'Alençon,* XIIIe *siècle.* — Les corps de ces princes furent inhumés dans la magnifique église abbatiale de Royaumont, fondée par saint Louis. En 1791, au moment de la suppression définitive de ce monastère, on transféra leurs restes à Saint-Denis avec ceux des deux enfants du saint roi dont nous avons décrit les tombes émaillées. Leurs monuments, en pierre coloriée, ont la même origine. La restauration en a été récemment exécutée avec le plus grand soin d'après des documents authentiques.

Les statues du frère et du fils aîné de saint Louis sont couchées sur des tombeaux revêtus d'une arcature ogivale, dont les arceaux encadrent des figures d'anges, de religieux, de prélats et d'autres personnages. Les figurines du tombeau du prince Louis représentent le cortège funèbre qui le conduisit à Royaumont. Tous nos écrivains ont raconté comment son cercueil fut porté par Henri III, roi d'Angleterre, qui se trouvait alors à Paris, et par les barons des deux royaumes. Un bas-relief, placé aux pieds du défunt, rappelle cette circonstance intéressante. Le monarque anglais, couronne en tête, soutient un des côtés du brancard.

Les deux enfants du comte d'Alençon, qui était le cinquième fils de saint Louis, vécurent à peine quelques mois. Ils sont sculptés tous deux sur une même tombe, divisée en deux niches, avec une inscription en beaux caractères qui en fait le tour. Ce monument est une reproduction fidèle du tombeau primitif, que de nombreuses mutilations et de maladroites restaurations avaient réduit à l'état le plus déplorable. Un monument du même genre, élevé dans l'église de Royaumont à un enfant de Philippe, comte d'Artois, mort en 1291, a été

Louis, fils aîné de saint Louis.

tellement maltraité qu'on a dû le laisser en magasin.

Charles, comte d'Anjou, roi de Sicile et de Jérusalem,
† 1285. — Charles, fils de Louis VIII et de Blanche de
Castille, frère de saint Louis, fut couronné roi de Sicile
à Rome, en 1266. Son corps repose dans la cathédrale
de Naples, sous un riche monument de marbre. Les
Romains lui érigèrent, au Capitole, une statue qui
existe encore. Son cœur fut apporté à Paris et inhumé
dans l'église des Jacobins, où son arrière-petite-fille, la
reine Clémence de Hongrie, fit placer sur sa sépulture,
en 1326, la dalle et la statue de marbre qui sont maintenant à Saint-Denis. Le prince est vêtu de son armure;
sa main gauche tient un cœur et sa droite une épée; des
fleurs de lis sans nombre couvrent son écu; deux petits
lions servent de supports à ses pieds.

Blanche, fille de saint Louis, † 1320. — Blanche,
troisième fille de saint Louis, naquit en 1252 à Jaffa,
en Syrie; elle fut mariée, en 1269, à Ferdinand, infant
de Castille, fils aîné du roi Alphonse X, et revint en
France après la mort de ce prince. Elle mourut à Paris,
dans le couvent des Cordelières du faubourg Saint-
Marcel, qu'elle avait fondé, et fut inhumée dans l'église
des Pères Cordeliers, d'où provient sa statue. Son costume a toute la simplicité de celui que portaient les
religieuses. L'artiste qui a taillé son image dans le
marbre ne l'a pas représentée avec les rides d'un âge
avancé, mais avec tout le charme de la jeunesse.

Louis, comte d'Évreux, † 1319, *et sa femme, Marguerite d'Artois,* † 1311. — Le comte d'Évreux était
fils de Philippe le Hardi. Sa femme le précéda au
tombeau. Il voulut être placé auprès d'elle dans l'église
des Jacobins, à Paris. Les deux statues, en marbre, sont

Louis de France, comte
d'Évreux.

d'un travail remarquable, surtout celle de Marguerite d'Artois. Le prince porte l'armure des premières années du XIVᵉ siècle, composée à la fois de mailles et de plaques de fer battu. L'effigie de la comtesse est, à nos yeux, une des plus exquises que nous ait laissées le moyen âge. Les traits du visage sont pleins de grâce et de douceur; les détails du costume et l'agencement des draperies attestent un ciseau des plus habiles. Rien de plus fin que les deux petits chiens qui jouent sur une touffe de feuilles de chêne aux pieds de la statue.

Charles, comte de Valois, † 1325. — Charles, troisième fils de Philippe le Hardi, et chef de la branche royale de Valois, fut inhumé dans la même église que son frère, le comte d'Evreux. Il est aussi revêtu du costume de chevalier. Les fleurs de lis de son écu ont également échappé aux destructeurs de blasons.

Catherine de Courtenay, † 1307. — L'effigie de Catherine de Courtenay se trouve maintenant réunie, dans une même chapelle, à celle de Charles, comte de Valois, dont cette princesse fut la seconde femme. Elle était fille unique de Philippe de Courtenay, empereur titulaire de Constantinople, et porta le titre d'impératrice. Le comte de Valois est ici venu de l'église des Jacobins de Paris, et sa femme du monastère de Maubuisson.

La statue, par une rare exception, est en marbre noir. Il semble que le sculpteur se soit proposé de donner à l'impératrice d'Orient un costume singulier. Le manteau, qui recouvre presque complètement la robe, est taillé en façon de dalmatique, avec de larges manches pendantes.

Marguerite d'Artois,
femme
de Louis, comte d'Évreux.

4*

Clémence de Hongrie, † 1328. — La reine Clémence, filles de Charles d'Anjou, surnommé Martel, roi de Hongrie, seconde femme de Louis X et mère du petit roi Jean, avait sa sépulture aux Jacobins de Paris. La statue qui porte son nom fut transférée à saint-Denis sans indication précise. Des gravures anciennes de son tombeau ont permis de la reconnaître.

Blanche d'Évreux, seconde femme du roi Philippe VI, † 1398, *et leur fille, Jeanne de France,* † 1371. — Les statues des deux princesses ont repris, au milieu de la chapelle de Saint-Hippolyte, la place qu'elles occupaient autrefois; mais on n'a pas retrouvé, pour le leur rendre, le tombeau de marbre noir autour duquel vingt-quatre statuettes de marbre blanc figuraient les ancêtres et la famille de Blanche d'Évreux. Le costume de la reine ne diffère pas de celui des autres épouses de rois. Sa couronne était en métal. Jeanne de France, à peine agée de vingt et un ans, se rendait en Espagne pour épouser Jean d'Aragon, duc de Gironne, lorsque la mort la surprit à Béziers. Ses entrailles furent déposées dans la cathédrale de cette ville, où sa mère lui érigea un monument, dont la destruction, commencée par les calvinistes, a été consommée par les révolutionnaires de 1793. On rapporta le corps à Saint-Denis. Jeanne est représentée comme il convenait à sa jeunesse, sans voile ni manteau, avec une robe élégante rehaussée d'un corsage d'hermine.

Marie de Bourbon † 1402. — Marie de Bourbon, fille de Pierre Ier, duc de Bourbon, et belle-sœur du roi Charles V, devint, en 1380, prieure du monastère royal de Saint-Louis de Poissy, où elle avait reçu le voile en 1351, à l'âge de quatre ans. Les annales ecclésiastiques

vantent la sagesse de son administration, sa régularité
et sa douceur. Son effi-
gie se voyait encore, au
siècle dernier, dans la
superbe église conven-
tuelle de Poissy, adossée
à un pilier de la grande
grille, accompagnée de
colonnettes et d'autres
ornements de métal, avec
une inscription en rimes
françaises. Cette statue,
seule conservée, est po-
sée debout sur un pilier.
Elle porte le costume re-
ligieux. La robe, le voile,
le visage et les mains
jointes sont en marbre
blanc. Le manteau, qui
consiste en une grande
cape ouverte par devant
et munie d'un capuchon
relevé sur la tête, est en
marbre noir.

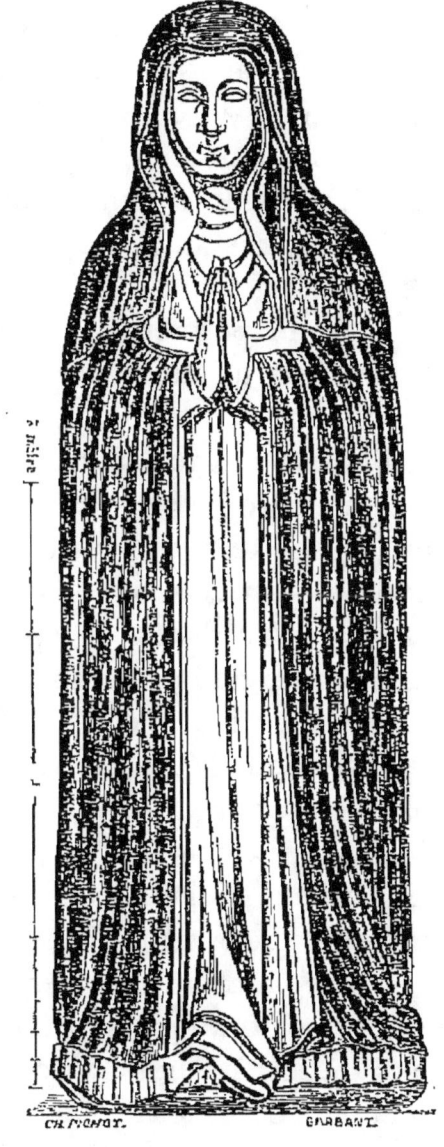

Marie de Bourbon
(abbesse de Saint-Louis de Poissy

CROISILLON NORD

Roi et reine du XIIe
siècle.— Deux statues en
pierre, du style roman le meilleur, qui décoraient autre-

fois le beau portail de l'église de Notre-Dame, à Corbeil, sont placées maintenant à Saint-Denis, aux côtés de la porte du croisillon septentrional. Ce sont un roi et une reine qui avaient reçu, au Musée des monuments français, le noms de Clovis et de Clotilde, et qui représentent probablement deux personnages de l'Ancien Testament. Des nimbes leur entourent la tête. Les diverses parties du costume, les tissus des étoffes, l'orfèvrerie des agrafes et des couronnes, sont rendus avec une habileté qui permet d'en étudier les moindres détails. Le roi tient un livre à couverture historiée; la reine déroule une banderole qui a dû recevoir quelque texte sacré. Ses cheveux, nattés et tressés avec des rubans de la manière la plus élégante, descendent jusqu'aux genoux. Cette figure a servi de modèle à Gros pour sa Clotilde de la coupole de Sainte-Geneviève.

Louis XII, † 1515, *et Anne de Bretagne,* † 1514. — « Sur le lieu de la sépulture de Louis XII et de la reine Anne, disait dom Germain Millet au xviie siècle, le roi François, leur gendre et successeur à la couronne, leur a fait dresser un très somptueux mausolée de fin marbre blanc à deux étages, qui est une des belles pièces de l'Europe, pour ne pas dire la plus belle... Il y a un caveau sous ce mausolée, dans lequel sont les corps du roi et de la reine, en des cercueils de plomb, aussi beaux et entiers que si on les y venait de mettre. Sur celui du roi, à l'endroit de la tête, il y a une couronne de cuivre doré, fermée à l'impériale, et sur celui de la reine, une simple couronne ducale. Aux pieds des deux cercueils sont les épitaphes de l'un et de l'autre, gravées en lames d'étain. »

Le tombeau de Louis XII, qui passe à bon droit

pour une œuvre admirable, fut exécuté à Tours par Jean Juste, sculpteur ordinaire du roi. Nous ignorons quel fut le prix convenu pour le marbre et pour le travail. Nous savons seulement que Jean Juste reçut 60 écus pour la construction du caveau, et 1200 pour le transport et la pose du monument. Cet artiste eut sans doute

Louis XII.

pour collaborateur son frère Antoine, dont le nom figure parmi ceux des sculpteurs qui travaillèrent pour le cardinal d'Amboise au château de Gaillon.

Voici quelle est l'ordonnance du mausolée : Un soubassement quadrangulaire plus long que large, enrichi sur chaque face d'un grand bas-relief, porte un édifice à jour percé de douze arcades, quatre sur chacun des côtés principaux, deux sur chacun des autres. Cet édifice contient le sarcophage, qu'on voit de tous côtés par les baies des douze arcades. Une plate-forme assise sur l'arcature et surmontée des figures agenouillées du roi et de la reine.

Les quatre bas-reliefs ne représentent que des actions guerrières, dont les campagnes de Louis XII en Italie ont fourni les sujets. Le travail en est traité comme aurait pu l'être une peinture pour les effets de lumière et de perspective. Celui qui se trouve placé à la tête du tombeau rappelle l'entrée du roi à Milan, le 6 octobre 1499. Une grande porte crénelée donne accès dans la ville. En avant marche un groupe de guerriers qui, comme les soldats des triomphateurs romains, portent, attachés à leurs piques, des casques, des cottes d'armes et d'autres trophées. Louis XII, couronne en tête et sceptre à la main, est assis sur un trône aux armes de France, placé sur un char élégamment décoré que traînent deux vigoureux chevaux.

Du côté du nord, on voit Louis XII forçant, au mois d'avril 1507, les passages des montagnes de Gênes. Une forêt de lances et de hallebardes se prolonge aussi loin que l'œil peut la suivre. Des fantassins escortent l'artillerie. On reconnaît le cardinal d'Amboise au milieu d'un escadron. Au premier rang, un guerrier, coiffé d'un grand casque à panaches flottants, porte haut et ferme la bannière royale aux trois fleurs de lis. Des hommes et des chevaux gisent sur le sol. Ici est un camp dans une vallée ; là, une troupe de cavaliers

met en déroute un corps d'infanterie; ailleurs, un escadron passe sous le feu d'une forteresse.

Au midi est sculptée la bataille d'Aignadel, gagnée
par Louis XII en personne sur les Vénitiens, le 14 mai
1509. L'armée française vient de quitter son camp. La
bannière des lis flotte dans les airs. Une batterie pro-

Anne de Bretagne.

tège le passage de l'Adda. Une mêlée sanglante s'engage de l'autre côté de la rivière. Les Français ont
rompu les rangs ennemis et marchent avec résolution à
l'attaque du camp retranché. La bataille d'Aignadel
continue dans le quatrième bas-relief. La victoire est

assurée. La bannière ennemie fuit devant celle de France. Le roi vainqueur reçoit la soumission de l'Alviane, le général des Vénitiens, qui fléchit un genou devant lui.

Quatre grandes statues, la Force, la Justice, la Prudence et la Tempérance, se tiennent assises aux angles du soubassement. Ce sont les Vertus cardinales, cortège obligé des princes défunts. La Force, qui se distingue des autres par la pose et l'expression, est drapée d'une peau de lion ; uue colonne lui sert d'attribut. La Justice s'appuie d'une main sur un globe, et de l'autre porte un glaive. La Prudence a son serpent et son miroir. L'horloge placée dans les mains de la Tempérance est divisée en vingt-quatre heures et décorée des armes de France.

Les pilastres qui forment les appuis des douze arcades sont couverts, sur toutes leurs faces, d'arabesques d'un travail charmant et d'une variété infinie. Nous devons nous borner à en indiquer les motifs les plus intéressants. Nous citerons des vases, des cornes d'abondance, des calices, des pots à feu, des gerbes de blé, des fruits, des rinceaux, des femmes ailées, des griffons, des dauphins, des serpents, des sphinx, des oiseaux, des instruments de musique, des armes offensives et défensives, des canons et leurs accessoires, des fusils, des étendards, des emblèmes funéraires. Les initiales de Louis et d'Anne, comprises sous une même couronne fleurdelisée, figurent sur un bouclier. La salamandre de François Ier et les fleurs de lis sont sculptées sur des écussons. Deux pilastres portent, en chiffres romains, les dates de 1517 et 1518.

Des ornements du même genre et de la même valeur

sont répandus à profusion sur les socles, sur les chapiteaux, sur les archivoltes. Une frise et une corniche,
enrichies d'oves, de cordons de perles, de feuilles d'eau,
couronnent le monument. L'inscription latine, gravée
sur la frise, relate seulement les noms du roi et de la
reine, et les dates de leur mort.

L'arcature porte un plafond dont le revers sert de
plate-forme. Il se diviss en trente-deux caissons qui
contiennent autant de rosaces toutes différentes les unes
des autres. Ce plafond abrite un riche sarcophage sur
lequel sont couchées dans toute la nudité de la mort les
effigies du roi et de la reine. Un coussin et un suaire
composent leur lit funèbre. Le corps de Louis XII est
d'une effrayante réalité; visage altéré, lèvres contrac-
tées, chairs affaissées, membres rigides. La reine garde
encore une certaine grâce après le trépas; son aspect
est moins lugubre et ses traits n'ont pas encore perdu
leur beauté. Le sculpteur a figuré sur les deux corps les
incisions et les sutures pratiquées pour leur embaume-
ment.

Les deux figures posées au-dessus de la plate-forme
prient avec un calme majestueux, à genoux et les mains
jointes devant des prie-Dieu recouverts de draperies.
Toutes deux portent le manteau doublé d'hermine. La
reine a un corsage et une coiffe brodés de pierres précieuses. La tête du roi est découverte; son manteau
tombe par devant jusqu'à terre, et s'étend en arrière
bien au delà des pieds. Ces statues passent pour des
portraits de la plus grande fidélité. L'expression de la
tête de Louis XII, pleine de naturel et de bonhomie,
répond bien à l'idée qu'on se fait du caractère d'un
prince qui a mérité le titre de Père du peuple.

Une statue d'apôtre, assise sur le stylobate, s'ajuste
dans chacune des douze baies de l'arcature. La proportion est à peu près de demi-nature. Cette partie du monument avait plus souffert que toutes les autres ; elle vient
d'être adroitement restaurée. On reconnaît saint Pierre
à ses deux clefs ; saint Paul à son épée ; saint André à
sa croix en sautoir ; saint Jacques le Mineur à sa mas-
sue ; saint Jean à son évangile ; saint Thomas à son
équerre ; saint Jacques le Majeur à ses coquilles de
pèlerin ; saint Philippe à la pierre qu'il tient ; saint
Barthélemy à son glaive ; saint Mathieu à sa lance ;
saint Simon à la scie de son martyre ; saint Jude à son
livre.

Henri II, † 1559 ; *Catherine de Médicis*, † 1589. —
Le tombeau de Henri II est le chef-d'œuvre de Germain Pilon. Ce grand artiste reçut 3172 livres pour la
façon des deux figures couchées en marbre, des quatre
bas-reliefs aussi en marbre, et des six statues de brouze
qui entrent dans la composition du monument. Le marbre et le métal étaient fournis par les magasins du roi.

Une somme d'environ 96 livres fut payée mensuelle-
ment aux ouvriers, tant que durèrent les travaux, pour
la taille des marbres. Les autres frais de pose, de ma-
çonnerie et de sculpture accessoire s'élevèrent à 865
livres.

Nous avons déjà dit que le tombeau de Henri II
occupait autrefois le centre d'une magnifique chapelle
supprimée en 1719, et qu'il fut alors transféré dans le
croisillon nord de l'église.

Le monument est exhaussé sur un grand stylobate
décoré de mascarons et de bas-reliefs. Douze colonnes
d'ordre composite portent l'entablement. Des têtes

d'anges et l'écusson royal décorent le plafond. Au milieu de l'édifice, les défunts sont représentés nus et
couchés sur un socle orné de feuilles d'acanthe et de
moulures perlées. Ces deux figures sont d'une rare

Henri II.

beauté. Celle du roi surtout paraît admirable. Nous
avons vu, dans l'effigie couchée de Louis XII, la mort
dans sa plus douloureuse réalité. Germain Pilon a voulu
en déguiser l'horreur sous l'apparence d'un sommeil
exempt d'angoisses et de souffrances. Renversée sur le
coussin qui lui sert d'appui, la tête de Henri II est em-

preinte du sentiment le plus noble et le plus distingué.
La reine est encore jeune et belle, comme au moment
de la mort de son mari, à qui elle survécut trente ans.

Les vertus cardinales, en bronze, gracieusement
coiffées, drapées avec élégance, se tiennent debout aux
angles du tombeau. Leurs attributs sont ici à peu près
les mêmes qu'au monument de Louis XII. La différence
la plus notable se remarque dans ceux de la Tempérance. Cette Vertu mêlait de l'eau avec du vin; mais les
vases qu'on lui avait placés dans les mains n'existent
plus; son geste seul indique l'acte qui le caractérïsait.

Les statues de bronze agenouillées sur la plate-forme
sont revêtues du costume d'apparat, comme on en peut
juger par nos gravures, qui témoignent suffisamment
aussi de leur mérite.

Les bas-reliefs du stylobate, charmants de manière
et de finesse, personnifient la Foi, l'Espérance, la Charité et les Bonnes Œuvres. La Foi expose un calice,
entouré d'une lumineuse auréole, à l'adoration des
fidèles prosternés L'Espérance montre à des vieillards
et à des hommes encore jeunes une église, symbole de
la Jérusalem céleste, que deux anges l'aident à soutenir. La Charité se dépouille de son dernier voile pour
en couvrir un pauvre; sa main droite fait l'aumône; un
enfant lui demande le sein; d'autres enfants l'invoquent
en pleurant; devant elle, des infirmes et des malheu-
reux tendent des mains suppliantes. La compatissante
Vertu qui préside aux bonnes œuvres donne à boire à
ceux qui ont soif; sa main droite tient une coupe à
laquelle deux hommes se désaltèrent à la fois; un enfant se hausse sur ses pieds, et s'efforce d'attirer le vase
à ses lèvres.

Les mascarons qui accompagnent les bas-reliefs sont des têtes de satyres et de larves; ils se fondent dans des feuillages et portent des corbeilles. Les corbeilles des satyres contiennent des fruits de vie : des raisins, des

Catherine de Médicis.

pommes, des poires; les autres, des fruits de mort : des pavots, des pommes de pin, des baies de cyprès.

« Le cavalier Bernin, dit Sauval dans ses *Antiquités de Paris*, admira le tombeau des Valois, lui qui voulait ne rien trouver de passable en France. »

Le cardinal Louis de Bourbon, † 1557. — Louis, cardinal de Bourbon-Vendôme, fils de François de Bourbon, comte de Vendôme, et de Marie de Luxembourg, était à la fois évêque et duc de Laon, pair de France, archevêque de Sens, abbé de Saint-Denis, titulaire de quatre autres évêchés et de sept autres abbayes. Dans les diocèses de Laon et de Sens, de beaux monuments témoignaient jadis de sa magnificence et de son amour pour les arts. Son corps fut inhumé dans la cathédrale de Laon, où reposait déjà le cœur de sa mère, et son cœur fut apporté à Saint-Denis, dont il avait été le premier abbé commendataire. La colonne de marbre érigée en son honneur subsiste encore; mais elle est privée de la statue agenouillée qui en surmontait l'entablement. Le chapiteau, sculpté en albâtre, dans le style de la Renaissance, avec beaucoup de délicatesse, présente des feuillages, des fruits, des enfants qui se balancent dans des rinceaux, une tête de mort ailée, des griffons, et bien d'autres fantaisies. Du côté le plus en vue, l'écusson du cardinal, surmonté du chapeau et blasonné des trois fleurs de lis au bâton péri en bande, se détache sur un cartouche.

François II, † 1560. — Charles IX fit ériger à Paris, dans l'église des Célestins, une colonne de marbre en mémoire de son frère François II, dont le cœur avait été déposé auprès de celui de leur père, Henri II, dans la chapelle d'Orléans, si riche autrefois en magnifiques tombeaux. Ce monument, placé maintenant à Saint-Denis, est probablement une œuvre de Germain Pilon.

Le piédestal est triangulaire, décoré de mascarons, de sphinx, de fleurs de lis et d'attributs funèbres. On y lit trois inscriptions latines qui exaltent le zèle du jeune prince contre les hérétiques, et qui lui font un titre à la

véritable immortalité d'avoir eu pour épouse une martyre de la foi, l'infortunée
Marie Stuart. Il ne faut
pas les lire deux fois pour
sentir qu'elles furent écri-
tes au milieu des fureurs
des guerres de religion.
Trois génies, posés debout
sur les angles du piédes-
tal, tiennent des torches
renversées. Ces gracieux
enfants ont leurs larmes
mêlées de sourires. De lé-
gères draperies, qui rap-
pellent celles de Jean Goujon, voilent, sans les ca-
cher, les contours de leurs
corps.

Le fût de la colonne est
semé de flammes, par allu-
sion à la colonne de feu
qui précédait les Israélites
dans le désert ; une des inscriptions explique le sens
de cet emblème. Deux
rangs de feuilles d'acanthe
et un cordon d'oves com-
posent l'ajustement du chapiteau ; des rosettes en décorent le tailloir.

Guillaume Du Chastel,
† 1441. — C'est à côté de la chapelle de Henri II que

Guillaume du Chastel.

se trouve le tombeau de Guillaume Du Chastel. Il plut au roi Charles VII que ce noble homme fût enterré à Saint-Denis, pour sa grande vaillance et pour les services qu'il lui avait faits en maintes manières. La statue couchée est en pierre à l'exception de la face qui a été rapportée en marbre blanc. Une armure complète la recouvre, ainsi qu'il convient à un guerrier mort en combattant. L'inscription ancienne a été conservée en majeure partie ; il manquait seulement quelques mots à la fin de chacune des deux longues lignes dont elle se compose ; on les a rétablis.

CHAPELLE DE N.-D.-LA-BLANCHE

Trois tombeaux de pierre, bordés de moulures, portent les figures couchées, en marbre blanc, de cinq personnages de la maison royale :

Philippe V, le Long, † 1322.

Charles IV, le Bel, † 1328.

Jeanne d'Evreux, troisième femme de Charles IV, † 1370.

Blanche de France, fille de Charles IV, † 1392.

Philippe VI de Valois, † 1350.

Jean II, le Bon, † 1364.

Les statues de Philippe V et de Charles VI, comme celle de leur frère Louis X, offrent la plus grande ressemblance, pour les traits, le costume et l'ajustement, avec l'effigie de leur père, Philippe le Bel. Ces princes appartenaient à une race élégante et vigoureuse.

La reine Jeanne d'Evreux était fille du comte Louis, dont nous avons décrit le tombeau dans la chapelle de Saint-Hippolyte. Elle consacra les longues années de son veuvage à la piété et à la charité. Le Musée des Souverains, au Louvre, possède une charmante Vierge en vermeil qu'elle avait donnée au trésor de Saint-Denis, et l'église de Saint-Germain des Prés a recueilli, nous l'avons dit, la statue qu'elle avait fait faire de Notre-Dame-la-Blanche.

Les Carmélites du boulevard de Saxe, à Paris, ont placé, sous le perron de leur chapelle, deux précieuses statues en marbre de Charles IV et de Jeanne d'Evreux, provenant de l'abbaye de Maubuisson, où les entrailles du roi et de la reine étaient inhumées.

Blanche de France fut mariée à Philippe, duc d'Orléans, comte de Valois et de Beaumont, cinquième fils de Philippe de Valois. De-

Jean II.

venue veuve en 1375, elle prolongea sa vie jusqu'en
1392. Ses traits sont ceux d'une femme déjà avancée
en âge. Son costume, très simple, se compose d'un
voile, d'une longue robe et d'un manteau.

Le costume et les insignes royaux changent avec l'a-
vènement des Valois. Quatre larges fleurs de lis rem-
placent à la couronne les fleurons des anciens rois. Le
manteau de Philippe VI n'est plus ouvert sur le devant
du corps et retenu à la hauteur des épaules par un cordon transversal; il s'ouvre sur le côté droit, et s'attache
sur l'épaule par un fermoir assez volumineux, autrefois revêtu de cuivre émaillé. La main gauche porte un
sceptre; l'autre paraît avoir tenu une main de justice.

Chacun sait que Jean II, esclave de sa parole, mourut
à Londres en captivité. Il avait été fait prisonnier, en
1356, à la bataille de Poitiers, par le fameux prince de
Galles, fils du roi d'Angleterre. Les années qui suivi-
rent ce désastre furent signalées en France par une suite
de calamités effroyables.

On peut avoir au Musée des Souverains un portrait
authentique du roi Jean, peint sur bois, conservé autrefois à la Sainte-Chapelle.

CHAPELLE DE SAINT-EUSTACHE

Henri II et Catherine de Médicis. — Auprès du mausolée de la grande chapelle des Valois, deux statues en
marbre de Henri II et de Catherine de Médicis reposaient couchées sur des lits d'apparat en bronze, semés

d'initiales, de palmes et de fleurs de lis. Ce riche support a été envoyé à la fonte ; une couche moderne, de même style, en tient lieu. Les figures sont placées au milieu de la chapelle de Saint-Eustache. Germain Pilon qui les sculpta, n'a peut-être jamais poussé plus loin la souplesse du ciseau et la recherche de l'exécution. Les deux personnages portent leurs vêtements royaux les plus splendides. L'orfèvrerie et la broderie ont épuisé toutes leurs ressources sur les couronnes, sur les joyaux, sur les étoffes. Les têtes, celle de Henri II surtout, sont des merveilles d'élégance et de finesse.

Après la mort de Germain Pilon, ces beaux marbres étaient restés entre les mains de ses héritiers. Ce ne fut qu'à l'époque du décès de Catherine de Médicis, en 1589, qu'ils furent enfin apportés à Saint-Denis, en vertu d'un arrêt du parlement de Paris.

Marie de Bourbon, † 1538. — Catherine de Bourbon, abbesse de Notre-Dame de Soissons, et Marie, sa sœur, avaient, dans la principale église de cet illustre monastère, un monument surmonté de leurs statues en albâtre agenouillées. Elles étaient filles de Charles de Bourbon, duc de Vendôme, et sœurs d'Antoine de Bourbon, père de Henri IV. Marie fut fiancée, en 1535, à Jacques V, roi d'Ecosse ; mais elle mourut sans que ce mariage eût été accompli. L'effigie de Catherine fut brisée en 1793 ; celle de Marie a seule été sauvée. Elle est à genoux sur un coussin, les mains jointes, couronne en tête, parée de ses joyaux et d'un manteau à doublure d'hermine. L'épitaphe en français des deux sœurs se lit sur un marbre noir qui a fait partie de leur tombeau, et qu'on a fixé ici derrière le socle de Marie de Bourbon. C'est à cette même place que s'élevait autrefois le monument de Turenne.

Personnages inconnus, XIVᵉ *siècle*. — En regard de de la chapelle de Saint-Eustache, dans le collatéral de l'abside, sont posés sur deux supports en pierre, deux statues couchées en marbre blanc, qui représentent un prince de la maison de France en armure, et une princesse, dont le costume est à peu près le même que celui de Blanche, fille de saint Louis.

Personnage inconnu,
XIVᵉ siècle.

La statue du prince provient de l'église des Cordeliers de Paris. La gravure que nous en publions montre assez avec quel soin et quelle délicatesse de sentiment elle a été modelée. On regrette de ne pas savoir le nom de cet élégant jeune homme. Les fleurs de lis et le lambel de son écu n'ont pas suffi à le faire reconnaître. A la suite de l'incendie du monastère des Cordeliers, en 1580, les tombeaux avaient été bouleversés et les épitaphes rompues. Quand, plus tard, les religieux voulurent replacer dans leur église les statues funéraires que le feu avait épargnées, il s'en trouva plusieurs, celle-ci entre autres, qui demeurèrent sans nom.

Nous ignorons de quelle église a été tirée la statue de la princesse inconnue. Nous avons supposé, mais nous n'en possédons pas la preuve, qu'elle aurait appartenu à un tombeau de l'abbaye de Pont-aux-Dames, qui renfermait les entrailles de Blanche, fille de Charles IV, dont une autre effigie existe à Saint-Denis, dans la chapelle de Notre-Dame-la-Blanche. L'inscription du tombeau de Pont-aux-Dames est conservée dans le magasin de sculpture de Saint-Denis; peut-être la statue y aura-t-elle été apportée en même temps.

On placera sans doute ici la petite figure en marbre d'une princesse morte en bas âge, qui pourrait bien avoir la même origine que la figure dont nous venons de parler. Deux enfants étaient en effet représentés sur le monument de Pont-aux-Dames, à côté de leur mère. Quel que soit son nom, cette statuette est un gracieux ouvrage du XIVe siècle. Les sculpteurs de ce temps plaçaient ordinairement des chiens sous les pieds de leurs statues de femmes. L'enfant a les siens posés sur un lion à crinière dorée.

CHAPELLE DE SAINT-MICHEL

Charles, comte d'Etampes, † 1336. — Le comte d'Etampes, fils de Louis, comte d'Evreux, reposait aux Cordeliers de Paris, derrière le grand autel, à main droite, sous un tombeau de marbre noir, abrité par un édicule en marbre blanc, que soutenaient six piliers armoriés.

Le grand incendie du XVIe siècle n'avait pas endommagé ce monument. Il ne nous en reste plus que la statue du prince et le dais qui la surmonte. Un dessin colorié des portefeuilles de Gaignières reproduit l'ensemble de cette gracieuse chapelle funéraire. Le prince est en armure comme son père, avec cette différence cependant que la sienne se compose uniquement d'un tissu de mailles. Il faut remarquer les ornements de la poignée de l'épée et ceux du ceinturon. L'écu attaché au côté gauche, porte de France à la bande composée de gueules et d'hermines. Le dais en marbre, du travail le plus fin, présente sur son revers, une intéressante épitaphe française, en caractères gothiques. Il a été retrouvé par hasard; on s'en était servi pour l'ajuster à une figure d'évangéliste.

Charles, comte d'Étampes.

Marguerite, comtesse de Flandre, † 1382. — « Près
le mausolée du roi François Ier, dit Germain Millet, se
trouve le tombeau de la princesse Marguerite, fille du
roi Philippe le Long et femme de Louis, comte de
Flandre, qui fut tué à la bataille de Crécy. Ce sépulcre
est de beau marbre blanc et noir, enfermé dans une
clôture de fer et couvert d'un tabernacle de pierre fort
artistement taillé et percé à jour. Cette princesse a
donné quelques reliquaires à Saint-Denis. » Marguerite
de Flandre mourut à l'âge de soixante-douze ans, et fut
inhumée dans la chapelle de Saint-Michel, qu'elle avait
dotée. Quelques portions de l'édifice qui recouvrait le
tombeau sont conservées dans le magasin de l'église. La
statue seule a été remise en place. Elle n'a ni couronne
ni manteau. Son costume a toute la simplicité du veuvage. Un voile, plissé d'une manière singulière, enveloppe toute la tête, ainsi que les épaules, et ne laisse
voir absolument que le visage.

Louis, duc d'Orléans, second fils de Charles V,
† 1407.

Valentine de Milan, sa femme, † 1408.

Leur fils, Charles, duc d'Orléans, † 1465, *et Philippe, comte de Vertus,* † 1420.

Louis XII, fils de Charles, duc d'Orléans, fit ériger,
en 1504, à son père, à son oncle, à son grand-père et
à son aïeule, dans l'église des Célestins de Paris, un
monument, tout en marbre blanc, non moins remarquable par l'originalité de la composition que par l'ex-
cellence du travail. A l'époque du premier classement
des tombeaux apportés à Saint-Denis, on eut la déplorable pensée de démembrer celui-ci en trois parties ; il
faut rendre grâces à Viollet-le-Duc de lui avoir restitué

son aspect primitif. Un socle quadrangulaire, de grande proportion, exhaussé sur un degré, entouré de vingt-quatre niches, de colonnettes et de figurines, porte les statues couchées de Charles et de Philippe. Entre ces deux figures s'élève un sarcophage sur lequel reposent, ainsi accompagnés de leurs fils, Louis de France et Valentine. La gravure qui complète notre texte les représente avec une exactitude qui nous autorise à ne pas insister davantage sur le beau caractère de la sculpture ni sur les détails du costume ou des accessoires. Les effigies du duc Charles et du comte Philippe sont à peu près semblables à celle de leur père. Le comte de Vertus, en sa qualité de cadet, n'a pour couronne qu'un bandeau semé de pierreries. Un petit porc-épic, posé aux pieds de Charles, rappelle l'institution par ce prince d'un ordre de chevalerie dont cet animal était l'emblème. Charles est placé à la droite de son père, et Philippe à la gauche de sa mère.

Les vingt-quatre niches, également réparties sur les quatre côtés du socle, sont du dessin le plus charmant. Des guirlandes ornent les pieds-droits et les archivoltes. Des colonnettes cannelées, à chapiteaux composites, séparent les niches les unes des autres et servent d'appui à l'entablement. Les fonds des niches s'arrondissent et se terminent en coquilles. Vingt statuettes sont anciennes; elles représentent les douze apôtres, deux évangélistes, saint Jean-Baptiste, la Madeleine, saint Etienne et saint Laurent, diacres et martyrs, saint Sébastien et un roi, peut-être saint Louis. Quatre autres sont toutes récentes : saint Maurice, sainte Catherine, saint Grégoire et sainte Geneviève.

Le duc d'Orléans, Louis, était un prince magnifique,

Louis de France, duc d'Orléans.   Valentine de Milan.

protecteur des lettres et des arts. C'est lui qui fit cons
truire les fameux châteaux de Pierrefonds et de la
Ferté-Milon. Personne n'ignore qu'il fut assassiné à
Paris, dans la rue Barbette, par la faction de Bourgogne.

Valentine de Milan a laissé la plus suave renommée;
elle ne put survivre à son époux, et passa les derniers
jours de sa vie à exprimer sa douleur par les emblèmes
les plus touchants. Elle sut deviner que Dunois, qui
n'avait que six ans quand elle succomba, serait un jour
le vengeur de la maison d'Orléans. Le duc Charles,
prisonnier chez les Anglais pendant vingt-cinq ans, à
la suite de la bataille d'Azincourt, employa cette longue
captivité à écrire des poésies qui tiennent un rang hono-
rable parmi les œuvres du xvᵉ siècle. Mort à vingt-
quatre ans, le comte de Vertus n'a pas vécu assez pour
se rendre illustre.

Urne du cœur de François Iᵉʳ. — François Iᵉʳ mourut
au château de Rambouillet, le 31 mars 1547. Son cœur
et ses entrailles furent portés à l'abbaye des religieuses
de Notre-Dame de Hautes-Bruyères, située à peu de
distance de Rambouillet. Un des plus habiles sculpteurs
du xviᵉ siècle, Pierre Bontems, fit sortir d'un bloc de
marbre blanc la belle urne funéraire que nous avons
sous les yeux. Ce vase a été sauvé avec son piédestal
par le directeur du musée des Monuments français, qui
donna, dit-on, une charge de bois au barbare devenu le
détenteur de ce trésor, et qui n'aura pas eu à se repentir
de son marché.

Une plinthe sculptée d'emblèmes funéraires entoure
la base du piédestal. Plus haut, sur chacune des quatre
faces, un cartouche, accompagné de têtes de femmes qui
sont couronnées de lauriers, présente un bas-relief de

Urne du cœur de François Iᵉʳ.

forme circulaire. L'Astronomie, la Musique, le Chant et la Poésie lyrique y sont ainsi figurés. Deux personnages étudient avec une attention extrême la structure d'une sphère céleste; un troisième met par écrit le résultat de ses observations. Quatre femmes jeunes et charmantes jouent de divers instruments, et un joli enfant, qui pourrait bien être l'Amour, leur donne le ton. Une femme chante, tandis qu'une de ses compagnes et un jeune homme l'accompagnent avec la guitare et sur la viole. Une femme et un jeune homme chantent au son de la lyre. Quatre tablettes disposées sous la corniche portent des inscriptions latines en prose et en distiques.

L'urne, d'une forme évasée et d'une ampleur considérable, a pour support quatre griffes. Des cartouches, des draperies, des têtes de femmes, des mufles de lions, des écussons aux armes de France, des initiales couronnées, des salamandres dans les flammes, forment au pourtour une décoration de la plus grande richesse. Quatre bas-reliefs, travaillés avec la même finesse que des camées, représentent la Sculpture, le Dessin, l'Architecture et la Géométrie. Trois sculpteurs copient une Vénus antique et mutilée, debout sur un piédestal. Un artiste, assis au milieu de fragments antiques, dessine une statue qui excite l'admiration de deux autres personnages. Un architecte, le compas en main, dirige des ouvriers qui élèvent une construction à l'aide d'échafauds et de machines. Un géomètre, peut-être un géographe, examine avec le secours de la boussole la configuration de la terre. C'était une noble et ingénieuse pensée de réunir ainsi les arts et les sciences autour du cœur d'un prince qui avait mis sa gloire à les encourager.

Le couvercle de l'urne est orné de mascarons, de têtes d'anges, et de deux petits génies qui tiennent des torches renversées.

CROISILLON MÉRIDIONAL

Tombeau de François Ier, † 1547, *et de Claude de France, sa femme,* † 1524. — A Saint-Denis, on va de merveille en merveille. Le monument de François Ier surpasse encore tous les autres, et nous ne craignons pas de dire que c'est un des plus admirables chefs-d'œuvre produits par les efforts réunis de l'architecture et de la sculpture. Philibert de l'Orme en a donné le dessin et dirigé la construction. Jean Goujon, Germain Pilon, Pierre Bontems, Ambroise Perret, Jacques Chantrel, Bastien Galles, Pierre Bigoigne et Jean de Bourges ont sculpté les figures et l'ornementation. Les noms de ces artistes se sont retrouvés dans les registres de la Chambre des comptes de Paris ; mais il serait malaisé, pour ne pas dire impossible, de faire la part exacte de chacun. On attribue, en raison de leur beauté, les statues couchées du roi et de la reine à Jean Goujon. La bataille de Cérisoles et les figures agenouillées des deux fils du roi sont de la main de Pierre Bontems. On sait aussi que Germain Pilon a sculpté huit figures de génies sous la voûte principale, et que les quatre évangélistes appartiennent à Ambroise Perret.

Le tombeau de François Ier est un édifice tout entier. Il se trouve engagé entre deux piliers, de manière que

la partie antérieure fait saillie dans le croisillon méridional, tandis que l'autre portion occupe environ le
quart de la chapelle de Saint-Michel.

Toute la construction est appareillée en marbre blanc,
avec bordures et moulures en marbre gris et noir. La
partie principale du monument se compose d'une haute
et profonde voûte en plein cintre, sous laquelle sont
placés les sarcophages. Deux passages latéraux l'accompagnent, ouverts par des arcs de moindre proportion.
L'arcade médiane forme avant-corps sur chacune des
deux façades. Le plan se trouve ainsi disposé à peu près
en croix. Les côtés sont en grande partie cachés par
les deux piliers de la travée, dont le tombeau remplit
toute la largeur.

Les deux façades qui regardent l'orient et l'occident
déploient une splendide ordonnance. Elles possèdent
chacune vingt et un bas-reliefs sculptés sur le stylobate,
huit colonnes ioniques cannelées de la proportion la
plus gracieuse, un entablement et une corniche parée de
la plus riche ornementation. Chaque colonne fait saillie
avec son piedestal historié, en avant d'un pilastre de
même ordre. Des anges, tenant des trompettes, suivent
le contour de l'archivolte de la grande arcade.

La plate-forme qui couronne le monument porte cinq
figures agenouillées.

La campagne mémorable qui se termina par la victoire
de Marignan, a fourni les sujets des vingt et un bas-
reliefs de la façade orientale. Le premier épisode est la
prise d'un bourg fortifié; des soldats entrés dans la
place envahissent les maisons et arborent leurs étendards aux fenêtres; des bataillons d'infanterie, halle-
bardiers, lanciers, fusiliers, défilent ensuite d'un pas

résolu, les drapeaux flottant, les fifres et les tambours en tête. D'une porte crenelée sort une chevalerie bien bardée de fer, dont les casques sont ombragés de panaches. Au milieu du groupe, le roi de France, coiffé d'une toque, monte un cheval dont le harnais se découpe

François Iᵉʳ.

en lambrequins. Un cavalier tient le heaume royal couronné de fleurs de lis. La marche de l'armée continue à travers les montagnes. Des ouvriers armés de leviers démontent des pièces d'artillerie; des cordages et des poulies, ajustés à une chèvre, servent à enlever les

canons; les affûts restent de côté, et les chevaux dételés
se reposent. Au sommet d'une haute montagne, d'autres
hommes, à l'aide d'un cabestan, remorquent les canons
sur des pentes abruptes inaccessibles aux attelages.
C'est ainsi que l'artillerie française traversa les Alpes.
Plus loin, une ville a été livrée aux flammes; des
femmes fuient, emportant leurs enfants et ce qu'elles ont
pu sauver du pillage. Ce groupe est un des plus estimés.
On croit qu'un personnage à cheval, qui est coiffé d'un
large chapeau et qui paraît donner des ordres, représente le maréchal Trivulce. Enfin, les deux armées sont
en présence à Marignan. Les trompettes sonnent.
François Ier charge bravement à la tête d'un escadron
de cavalerie; tous ont la visière baissée et la lance en
avant: Le roi se fait reconnaître à la couronne fleurdelisée de son casque, à son grand panache ondoyant, aux
initiales et aux fleurs de lis semées sur la housse de son
cheval. A ses côtés combat Claude de Lorraine, dont
le cheval porte une housse semée de petites croix. Les
Suisses forment un corps de bataille serré, rangé sur
quatre lignes, tout hérissé de piques d'une longueur
extraordinaire; ils n'opposent à la cavalerie française
qu'une masse compacte d'infanterie. Leurs hommes du
premier rang sont des colosses entièrement bardés de
fer; les autres portent des armures moins complètes.
L'artillerie française et les arbalétriers gascons inquiètent
vivement l'ennemi. Les Suisses ont aussi des canons
que des artilleurs sont occupés à pointer et à tirer. En
arrière de leur corps de bataille, un autre bataillon
déploie des étendards marqués des clefs de saint Pierre.
Au milieu d'un groupe de cavaliers, auquel l'infanterie
fait un rempart, le cardinal-évêque de Sion, entouré de

plusieurs ecclésiastiques, assiste au combat et bénit les troupes confédérées, qui n'en seront pas moins mises en déroute

Les bas-reliefs suivants représentent une série de petits combats et la retraite précipitée des Suisses. Enfin les Français entrent en triomphe à Milan. Les vainqueurs défilent. pleins d'élan et de fierté, sur le pont-levis, et prennent possession de la place conquise.

A l'autre extrémité du monument, la bataille de Cérisoles remplit le bas-relief principal. A gauche sont figurés les faits qui ont précédé immédiatement cette mémorable journée; à droite, ceux qui l'ont suivie. Au point de départ de l'armée française, le site rappelle l'aspect de certaines parties de l'Italie; on y remarque des obélisques et des édifices à demi ruinés. Les Français s'avancent avec leur *furie* accoutumée. Des cavaliers sont lancés au galop; d'autres arrivent en escadrons serrés, visières baissées, lance au poing. L'artillerie, traînée par des chevaux, est escortée par des fantassins. Au piédestal d'une des colonnes on voit François de Bourbon, comte d'Enghien, lieutenant général pour le roi en Piémont, à qui revient l'honneur de la victoire. Comme François Ier avant la bataille de Marignan, le jeune prince ne porte ici ni son casque ni son armure; sa main droite tient un bâton de commandement. La grande bataille du bas-relief central comprend plusieurs épisodes. L'infanterie des deux armées s'attaque en tumulte avec de longues piques. Des cavaliers français, armés de cimeterres recourbés, chargent les Impériaux. Des artilleurs se tiennent, mèche allumée, près de leurs pièces. Une lutte s'engage autour d'une batterie dont le feu entamait les lignes impé-

6

riales; un homme, un marteau à la main, s'efforce d'en-
clouer des canons.

Les étendards marqués de la croix et de l'aigle à
double tête cèdent le terrain à la salamandre et à la
fleur de lis. Un mouvement extraordinaire règne dans
cette composition. Les chevaux sont lancés à merveille.
Nous citerons, au premier bas-relief qui suit la bataille,
deux cavaliers, sculptés en raccourci, qui montent une
côte au galop; ce n'est pas du marbre, c'est l'action
elle-même.

Après la bataille, le comte d'Enghien entre victorieux
dans la ville de Carignan; devant lui, des soldats portent des trophées, des drapeaux, des couronnes de lau-
rier, des représentations de forteresses conquises. De
nouveaux faits d'armes succèdent au triomphe et les
derniers combattants semblent se perdre dans l'épais-
seur du pilier.

Les deux passages latéraux du monument sont couverts par des plafonds sculptés de caissons, de rosaces
et de palmettes. La voûte médiane est divisée par des
torsades en neuf compartiments qui contiennent des
bas-reliefs; sur les côtés, les quatre évangélistes, graves
et imposantes figures savamment drapées, et huit génies,
groupés par deux, les uns versant des larmes, les autres
tenant des torches éteintes; au centre celui qui a dit :
Je suis la résurrection et la vie, sortant glorieux du
sépulcre, l'étendard de la croix à la main.

Cette voûte, d'un aspect si solennel, enveloppe de
son ombre les effigies couchées sur les sarcophages,
qui représentent François Ier et Claude de France sans
autre vêtement que le suaire de la mort. Jean Goujon,
si c'est bien lui qui modela ces deux admirables figures,

s'est surpassé lui-même. La tête du roi a quelque chose de sublime ; la poitrine, les bras et tout le reste du corps sont traités avec une vigueur et une science de l'ordre le plus élevé. A côté de cette majestueuse effigie, on peut croire que l'artiste a voulu personnifier dans celle

Claude de France.

de la reine la grâce et la sensibilité. Claude de France, morte à vingt-cinq ans, laisse deviner, dans la douce mélancolie de ses traits, l'expression d'un douloureux regret pour une vie qui s'ouvrait brillante et fortunée.

Les cinq figures de la plate-forme sont en costume de cour et portent des manteaux fleurdelisés. Le roi et

la reine se tiennent agenouillés devant des prie-Dieu
ornés d'initiales et de couronnes. Un peu en arrière
paraissent, dans la même attitude, leur fille Charlotte
de France, qui mourut à l'âge de huit ans, et leurs fils,
François, dauphin, et Charles, duc d'Orléans. Le collier
de l'ordre de Saint-Michel décore les deux frères. Sur
le manteau de l'aîné, les dauphins alternent avec les
fleurs de lis. Protégées par leur position, ces statues
sont demeurées intactes. La ressemblance des têtes, la
fidélité du costume et la bonne exécution de la sculpture leur donnent une haute valeur pour l'art et pour
l'histoire.

Béatrix de Bourbon, † 1383. — Le monument de
cette princesse se voit sous une des arcades en ogive
qui accompagnent la porte du croisillon sud. Fille de
Louis Ier, duc de Bourbon, et arrière petite-fille de saint
Louis, Béatrix de Bourbon, dont le premier mari, Jean
de Luxembourg, roi de Bohême, trouva, comme celui
de Marguerite, comtesse de Flandre, une mort glorieuse à la fatale journée de Crécy, avait, dans l'église
des Jacobins de Paris, un tombeau de marbre noir, et
une statue en pierre de liais, posée debout sur un chapiteau à feuillages. Le chapiteau et la figure se sont
conservés. La reine de Bohême joint les mains; son
costume fut autrefois richement colorié. La jupe, blasonnée de Bourbon et de Luxembourg, était mi-partie
de France à la bande de gueules et d'argent au lion de
gueules, la queue nouée et passée en sautoir; il reste
quelques traces de cette peinture. Des fleurons garnissent la couronne. Un voile enveloppe la tête et ne laisse
voir que le visage. Le masque est sculpté sur un mor-
ceau d'albatre adroitement incrusté dans la pierre. Les

cheveux sont nattés et se dessinent sous le voile. Des broderies et de petites roses ornent la ceinture et le corsage. L'inscription se lisait en français et en caractères gothiques sur un socle polygone, plaqué de marbre, entre les pieds de la statue et le chapiteau; elle sera sans doute prochainement replacée.

Après la mort du roi de Bohême, Béatrix épousa Eudes, seigneur de Grancey en Bourgogne. L'épitaphe garde le silence sur ce second mariage.

Renée d'Orléans-Longueville, † 1515. — Le tombeau d'un enfant a pris, de l'autre côté de la porte du croisillon méridional, la place de la sépulture de l'abbé Suger. Renée d'Orléans n'avait encore que sept ans quand elle mourut à Paris, dans l'hôtel abbatial de Sainte-Geneviève. Son épitaphe lui donne les titres de comtesse de Dunois, de Tancarville, de Montgommery et de dame de Montreuil-Bellay, de Château-Renaud et autres lieux. Sa mère était Françoise d'Alençon. François II, son père, duc de Longueville, connétable héréditaire de Normandie, commandait l'avant-garde à la bataille d'Aignadel, dont nous avons vu la représentation au tombeau de Louis XII; il mourut en 1512.

Le monument de Renée de Longueville, témoignage de tendresse maternelle, fut placé aux Célestins de Paris, dans la chapelle d'Orléans, près de l'autel. Construit en marbre et en albâtre, il rappelle par sa forme et par son élégance les tombeaux si vantés élevés par l'école florentine à l'époque de la Renaissance. Un arceau, accompagné de pilastres et surmonté d'un fronton demi-circulaire, protège l'effigie. Des caissons décorent la voûte intérieure. Un saint personnage est debout au sommet du fronton, et, sur les courbes, des religieux

6*

tiennent des écussons armoriés. Des arabesques d'une grande finesse couvent les pilastres.

Renée d'Orléans-Longueville.

L'effigie de la jeune princesse repose sur une dalle de marbre noir, bordée d'une longue inscription française en caractères gothiques. Cette tombe a pour support un sarcophage sculpté de figures. Nous donnons en gravure la statue de Renée d'Orléans, parée du manteau, d'une robe à corsage d'hermine, d'une couronne, de riches bijoux et d'un chapelet. Des licornes (c'était, au moyen âge, un symbole de virginité) tiennent entre leurs pieds de devant des écussons losangés, écartelés d'Orléans-Longueville et d'Alençon. Dans les niches du sarcophage on reconnaît sainte Marthe, qui conduit enchaînée la fameuse Tarasque, et sainte Agathe, liée par les mains à un poteau, présentant sa poitrine au fer du bourreau. Une troisième sainte n'a d'autre attribut qu'un livre. Une quatrième, d'une facture toute récente. porte une torche et une palme.

Au-dessus de l'effigie, sur les parois de l'arcade, d'autres saintes patronnes, choisies parmi les plus illustres, semblent assister l'enfant dans son dernier sommeil: la Vierge, avec son Fils dans les bras; Marguerite, sortant du dragon; Catherine, costumée en reine, tenant, comme saint Paul, le livre et l'épée; Barbe, qui s'appuie contre une haute tour crénelée; Geneviève, portant un cierge allumé qu'un diable s'efforce d'éteindre, et dont un ange ravive la flamme; Agnès, enfin, caractérisée par son agneau : cortège à la fois sacré et charmant.

La partie supérieure de l'arcade a été provisoirement restaurée en plâtre, d'après des dessins exécutés à une époque où le monument était encore à sa place primitive. Cette portion ne s'est retrouvée qu'à l'état de fragments hors d'usage.

CHAPELLE DE SAINT-JEAN-BAPTISTE

Charles V, † 1380; *Jeanne de Bourbon,* † 1377. — Le roi Charles V choisit pour sa sépulture la chapelle de Saint-Jean-Baptiste, où il avait fait apporter le corps du connétable du Guesclin, et où ses deux successeurs, Charles VI et Charles VII, furent inhumés auprès de lui. Les dais et les figurines de l'ancien tombeau ne se sont pas conservés. Le grand tombeau de marbre noir sur lequel sont placées les deux effigies du roi et de la reine, est entièrement moderne. La statue de Charles V est bien celle qui existait autrefois à Saint-Denis; mais celle de Jeanne de Bourbon provient de l'église des Célestins de Paris, où étaient déposées les entrailles de cette princesse. Les premières éditions du catalogue du musée des Monuments français mentionnent deux statues de Jeanne de Bourbon, tirées, l'une de Saint-Denis, l'autre des Célestins; un peu plus tard, il n'est plus question de la première, et la seconde paraît seule. Nous ignorons ce que sera devenue la statue qui manque aujourd'hui.

La statue de Charles V est l'œuvre d'un homme de talent. La tête se distingue par une expression pleine de noblesse et de dignité. Le travail des mains a été très étudié. Le costume et les insignes sont ceux que nous avons indiqués pour les premiers rois de la branche de Valois. Les cheveux offrent des traces de coloration. Il ne reste que l'empreinte de la couronne, qui avait été rapportée en métal. Charles V fit faire, pour le tombeau destiné à son cœur dans la cathédrale de Rouen, sa statue en marbre par l'imagier Hennequin de Liège; peut-être le même sculpteur aura-t-il été chargé du tombeau de Saint-Denis. Le cœur du roi Charles a été retrouvé à Rouen, au mois de mai 1862. L'ancien monument avait disparu; on l'a remplacé par une inscription.

Jeanne de Bourbon était fille de Pierre Ier, duc de Bourbon, qui périt à la journée de Poitiers. On apprend à Saint-Denis que les princes de la maison de France n'étaient pas avares de leur sang sur les champs de bataille. Aucune de nos reines n'a laissé meilleure renommée que l'épouse de Charles V; longtemps sa mémoire resta en bénédiction parmi ce peuple de Paris, si peu soucieux d'ordinaire des vertus domestiques. Le costume de Jeanne est à peu près semblable à celui des autres reines du XIV⁰ siècle. Des fleurs de lis ornent sa couronne. Sa main droite tient un bout de sceptre disposé pour recevoir une hampe de métal. La main gauche serre contre la poitrine une espèce de sac, qui est supposé contenir les entrailles. C'est ainsi que les sculpteurs du temps distinguaient les effigies destinées aux tombeaux qui renfermaient ce débris du corps. Quand le monument renfermait un cœur, ils en plaçaient un dans une des mains du personnage, comme nous l'avons remarqué au tombeau de Charles d'Anjou, frère de saint Louis.

L'église des Célestins a fourni à la chapelle de Saint-Jean-Baptiste deux niches complètes, où sont posées des statues en pierre de Charles V et de Jeanne de Bourbon. Ces niches accompagnaient la porte principale, démolie en 1847. Le nom du roi est gravé en latin, et celui de la reine en français sur les piédestaux. Ces figures sont intéressantes et bien conservées ; les mains seules avaient été brisées. Quelques traces de coloration apparaissent encore sur les vêtements, et la dorure des détails d'orfèvrerie n'a pas non plus entièrement disparu. Pendant un demi-siècle, au musée des Monuments français d'abord, ensuite à Saint-Denis, le Charles V des Célestins a passé pour un saint Louis, et la reine pour une Marguerite de Provence. Charles V, ainsi canonisé, a fait son chemin dans le monde. On l'a reproduit en marbre, en pierre, en peinture, pour l'au-

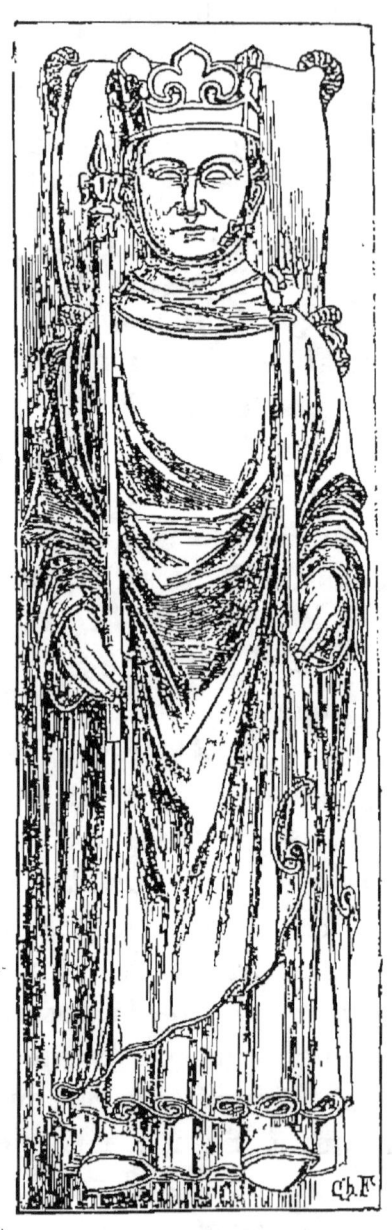

Charles VI.   Isabeau de Bavière.

tel érigé sur les ruines de Carthage, dans les galeries
de Versailles, à la coupole du Panthéon, sous le portique de la Madeleine, au Palais de justice de Paris,
dans les vitraux modernes de Saint-Louis-en-l'Ile, de
l'église d'Eu, de la chapelle funéraire de Sablonville.
En plus d'une église il reçoit l'encens et les prières,
tandis qu'à Saint-Denis il a repris modestement son
nom de Charles et son titre de Sage.

Charles VI, † 1422 ; *Isabeau de Bavière, sa femme,*
† 1435. — Charles VI, tombé en démence, mourut dans
le délaissement ; on a remarqué qu'il ne se trouva pas
un seul prince du sang à ses funérailles. Il en fut de
même de la reine Isabeau, qui avait fait le malheur de
la France. Son corps, mis dans un bateau, arriva sans
autre cérémonie à Saint-Denis, et fut ainsi porté en son
sépulcre, dit Brantôme, ni plus ni moins qu'une simple
demoiselle. Sauval a trouvé, dans les registres de la
Chambre des comptes de Paris, qu'une somme de
1200 livres, prix de l'acquisition de la bibliothèque de
Charles V par le duc de Bedfort, fut comptée à Pierre
Thuri, entrepreneur du tombeau de Charles VI.

Un tombeau moderne, semblable à celui de Charles V, porte les deux effigies. Nous les avons fait graver
comme les deux dernières figures de ce genre qui se
trouvent aujourd'hui à Saint-Denis. Le lecteur peut ainsi
apprécier tous les détails du costume. Les traits du roi
sont lourds et vulgaires, mais pleins de bonhomie, et
modelés avec une vérité qui dépose en faveur de la ressemblance. La statue de la reine a été sculptée avec un
soin extrême. Un double voile enveloppe complètement le contour de son visage, le front et le menton. Le
voile de dessus, froncé à très petits plis sur le devant

de la tête et les côtés du visage, s'attache par deux longues épingles au voile de dessous. Les traits en saillie sur cet encadrement plissé, passablement étranges par eux-mêmes, produisent un effet des plus singuliers.

Du Guesclin.

Un troisième tombeau, à peu près pareil aux deux premiers, était consacré à Charles VII, mort en 1461, et à sa femme, Marie d'Anjou, morte en 1463, fille de Louis II, roi de Naples. On n'a pu conserver de leurs statues que les bustes, qui ne sont pas encore placés.

Du Guesclin, † 1380. — Messire Bertrand du Guesclin, comte de Longueville et connétable de France, mourut deux mois avant le roi Charles V, devant les murs de la petite ville de Château-neuf-de-Randon. Le capitaine anglais qui commandait dans la place vint en déposer les clefs sur le cercueil du connétable.

Le corps fut apporté à Saint-Denis, et reçut la sépulture
sous une petite voûte, entre les deux autels érigés dans
la chapelle de Saint-Jean. Les entrailles restèrent au
Puy, dans l'église des Jacobins; on transféra le cœur à
Dinan. Deux monuments y furent placés; ils existent
encore. Il est regrettable qu'on laisse tomber en ruine
le monument moderne élevé sur l'endroit même où
mourut le connétable, au bore de la route qui conduit
de Langogne à Mende.

L'effigie, gravée en regard de ces lignes, n'a pas été
exécutée par une main habile; elle est bien loin du mérite de plusieurs figures de guerriers du même siècle
que nous avons décrites. L'œil gauche porte la marque
d'un coup de lance qui frappa le héros dans un combat
contre les Anglais. Le connétable est couvert de fer,
avec une cotte d'armes en étoffe par-dessus. Aucun insigne ne fait connaître sa dignité. Les armoiries de l'écu
sont le fait d'une restauration moderne.

Louis de Sancerre, † 1402. — Louis de Sancerre,
frère d'armes de Bertrand du Guesclin et d'Olivier de
Clisson, maréchal de France en 1368, gouverneur des
provinces de Languedoc et de Guyenne, reçut l'épée de
connétable en 1397. Il était avec du Guesclin devant
Châteauneuf. Deux ans après, sa valeur décidait le succès de la bataille de Rosbecque. « Enfants, disait-il à
ses gens lorsqu'ils allaient en guerre, en quelque état
qu'un homme se trouve, il doit toujours faire son honneur. » Sa statue, en marbre blanc, est revêtue d'une
armure pareille à celle de du Guesclin. Louis de Sancerre apppartenait à la famille des comtes de Champa-
gne; sa cotte d'armes porte les cotices de cette grande
maison.

Monument de la bataille de Bouvines. — L'église de Sainte-Catherine du Val des Écoliers, à Paris, détruite depuis plus d'un siècle, avaient été fondée par les sergents d'armes du roi, en actions de grâces de la victoire de Bouvines. Elle devint le siège de leur confrérie; ils avaient droit de sépulture dans l'église et dans le cloître. A la mort de chaque confrère, son écu et sa masse étaient appendus aux murs de l'église. C'est de là que proviennent les deux longues dalles gravées au trait, rehaussées d'or et de couleur, qu'on voit à Saint-Denis, et qui ont été placées dans la chapelle de Charles V, parce qu'elles datent de l'époque où ce prince reconstitua la confrérie des sergents. A la prière des sergents d'armes, disent les inscriptions de ces monuments glorieux, saint Louis posa la première pierre de l'église, et ce fut pour la joie de la victoire du pont de Bouvines; les sergents d'armes, qui gardaient le pont, avaient promis une église à Madame sainte Catherine, si Dieu leur donnait victoire, *et ainsi fut-il*.

Les fonds sont semés de losanges et de fleurons. Sur la première dalle, saint Louis, en habits royaux, semble, par son geste, indiquer la nouvelle église à deux sergents d'armes qui sont debout derrière lui et vêtus du costume de cérémonie qu'ils portaient dans leurs fonctions d'huissiers de la chambre du roi; ils tiennent des masses fleudelisées. Saint Louis s'appuie sur un sceptre aussi long qu'une crosse d'évêque; un nimbe lui entoure la tête; ses traits vigoureusement accentués, n'ont aucun rapport avec l'expresion douce et maladive de la physionomie de la tête de Charles V, qui a cependant servi de type; comme nous l'avons dit, pour la plupart des Saint Louis de nos églises. Cette effigie du

Monument de la victoire de Bouvines.

saint roi, tracée vers 1376, est une des plus anciennes et des plus dignes de confiance que nous possédions aujourd'hui.

Deux sergents d'armes, tout bardés de fer, figurent à l'autre dalle; ils parlent à un religieux vêtu du froc et du manteau à capuchon; peut-être ce moine est-il là pour recevoir leur vœu et leur promettre victoire.

Philippe-Auguste, à Bouvines, avait auprès de lui ses chapelains qui chantaient, pendant la bataille, le psaume triomphal : « Béni soit le Seigneur mon Dieu qui instruit mes mains au combat et mes doigts à la guerre! »

CHŒUR D'HIVER

Les monuments du chœur d'hiver sont destinés à rappeler la mémoire des abbés de Saint-Denis. Quatre tables de pierre, toutes modernes, présentent la série des abbés réguliers, des abbés commendataires, et des primiciers du chapitre.

Deux dalles, gravées en creux, fixées contre les murs de la chapelle, sont désignées comme les monuments funéraires des illustres abbés Adam et Pierre d'Auteuil, morts, le premier en 1122, le second en 1229.

Elles ne datent pas du temps de ces personnages, mais de la seconde moitié du XIIIᵉ siècle, époque de la translation des restes des anciens abbés par leur successeur, Mathieu de Vendôme. On y lit aucune inscription, et cette circonstance nous avait fait douter de leur authenticité; l'examen d'un ancien recueil de tombeaux nous a conduit, au contraire, à la reconnaître. Les dalles étaient autrefois posées sur un soubassement où se trouvaient les épitaphes. On y voyait aussi des religieux et des clercs célébrant les obsèques des deux prélats, sous une arcature dont il reste quelques fragments dans les magasins de l'église.

Placés sous des arceaux à trois lobes, et encencés par des anges, les deux abbés portent la barbe au menton, la chasuble longue relevée sur les bras, la mître basse, l'étole, la manipule, l'anneau, les gants ornés de plaques, et sous la chasuble une aube enrichie de broderies.

Leurs crosses, longues et minces, se terminent par un enroulement feuillagé. L'un des prélats bénit de la main droite, l'autre tient un livre fermé. Tous deux ont les pieds posés, non pas sur le dos d'un animal symbolique, mais sur une terre émaillée de quelques fleurs des champs.

Les galons des vêtements présentent des fleurs de lis, des chevrons, des fleurs à quatre et à cinq feuilles, des croix, des compartiments carrés, losangés ou circulaires. Le fond de chaque tombe est semé de fleurs de lis françaises et de tours castillanes, suivant un usage qui remonte à la reine Blanche de Castille.

La dalle funéraire la plus importante qui nous soit restée de Saint-Denis est celle du soixante-deuxième abbé, Antoine de la Haye, mort en 1504. Ce monument ne fut pas apporté à Paris pendant la Révolution; je l'ai vu longtemps abandonné. On l'a déprécié en le restaurant et en cherchant à rétablir les parties du trait qui s'étaient oblitérés.

Le prélat est imberbe et jeune. Une mître brodée et enrichie de pierres précieuses couvre sa tête, qui repose sur un coussin. Ses mains sont jointes. La crosse d'une forme simple, terminée par un enroulement, est posée entre le bras gauche et le corps. La chasuble dont la forme se rapproche déjà de beaucoup de la coupe moderne, la tunique, le manipule et l'étole sont couverts de galons historiés et de fleurs de lis. Des rinceaux et des feuillages courent sur le fond de l'étoffe. Un arceau, du style gothique le plus fleuri, encadre l'effigie.

Sur les pieds-droits, vingt figurines représentent les douze apôtres, et huit personnages de l'ordre ecclésiastique portant les insignes en usage dans les cérémonies funèbres. Quelques apôtres se font reconnaître à leurs attributs ordinaires. Plusieurs figures étaient effacées ; on les a gravées à nouveau sans discernement. Quatorze têtes d'anges, à deux paires d'ailes chacune, garnissent la bordure de l'archivolte.

Sur les courbes externes de l'ogive, huit anges tiennent des encensoirs. Au sommet, le Père éternel, désigné par un nimbe crucifère, est assis entre quatre anges qui s'inclinent respectueusement. Tous les fonds de la dalle sont découpés en fleurs de lis. Aux quatre angles, des médaillons contiennent les emblêmes des évangélistes.

Les armoiries ont disparu ; celles d'Antoine de la Haye ne paraissent plus que sur un seul écusson d'or à deux fasces de gueules, à l'orle de neuf merlettes de même. L'inscription latine, en lettres gothiques, placée sur les bords, se compose de quatre distiques et d'une date en prose ; elle nous apprend que le défunt réunissait à l'abbaye de Saint-Denis celles de Fécamp et de

Saint-Corneille de Compiègne, ce qui lui formait une dotation vraiment princière.

Nous ne ferons mention que pour en réclamer la suppression immédiate, d'un mascaron, détaché de quelque clef de voûte, auquel on n'a pas craint de décerner le nom de de Suger, sans égard pour une aussi vénérable mémoire.

Ici s'arrête notre course. Ne pouvons-nous pas dire en terminant qu'il n'existe nulle part au monde une pareille collection de monuments de premier ordre, composant une série non interrompue depuis le milieu du XIIᵉ siècle jusqu'à la fin du XVIᵉ?

Les magasins de l'église renferment encore une foule de précieuses sculptures, dont les plus anciennes appartiennent à l'art gallo-romain, une suite d'inscriptions intéressantes, et plusieurs cercueils en pierre exhumés à diverses époques. Parmi les monuments qui avaient été placés dans la crypte au moment du premier classement, et qui, jusqu'à ce jour, n'ont pas reparu dans l'église haute, on peut citer :

Un Charlemagne en marbre, par Gois, sculpté par ordre de Napoléon Iᵉʳ;

Les tombeaux de Diane de France, duchesse d'Angoulême et de Montmorency, morte en 1619, et de Charles de Valois, duc d'Angoulême, comte d'Auvergne et de Clermont, mort en 1650 (des Minimes de la place Royale, à Paris);

Les bas-reliefs du monument érigé sur la sépulture du cœur de Louis XIII, œuvre de Jacques Sarrazin (de l'église des Grands-Jésuites, à Paris, aujourd'hui Saint-Paul-Saint-Louis) ;

Les statues agenouillées en marbre de Louis XVI et de Marie-Antoinette, par Gaulle et Petitot ;

Le groupe colossal, aussi en marbre, par Dupaty et Cortot, destiné à la chapelle expiatoire qui fut commencée sur l'emplacement de l'Opéra, après le meurtre du duc de Berry, en 1820.

TABLE DES MATIÈRES

TABLE ALPHABETIQUE

DES TOMBEAUX ET FIGURES HISTORIQUES DE SAINT-DENIS

Paris. — J. Mersch, imp. 23, Pl. Denfert-Rochereau.